나는— 이름을
갖고 싶었다

인용문 출처
《불안의 서》, 페르난두 페소아, 배수아 역, 봄날의 책, 2014

김지우 소설집

나는——이름을
갖고 싶었다

홍익출판사

나는 이름을 갖고 싶었다

나는 이름을 갖고 싶었다.

인간이라면 자신에게 어울리는 이름 하나는 가져야 하지 않나.

내 말에 어머니는 우리가 준 이름만으로 부족하냐며 우울해하셨다. 아버지는 무슨 이름을 원하는지 물었다.

소설가라고 불리면 좋겠어요.

힝-하는 소리로 코를 푸는 어머니와 그 옆에서 같은 소리로 한숨을 쉬는 아버지.

참 어려운 이름을 원하는구나….

한참 고민한 아버지는 소설가의 이름을 얻을 수 있는 장소를 가르쳐주셨다. 집에서 버스를 타고 다섯 정거장만 가면

문에 '등단'이라는 문패가 큼지막하게 걸린 성이 보일 거라 설명하셨다.

그렇게 가까워요? 왜 이제까지 본 적이 없지.

마음을 먹은 사람에게 보이니까.

나는 바로 가방을 싸서 집을 나왔다. 버스 창밖으로 한눈에 성이 보였다. 서양식 성을 기본으로 동양풍이 가미된 성은 소설가에게 잘 어울리는 것 같았다. 버스에서 내리자마자 성으로 달려간 나는 성문을 두드렸다. 계속해서 두드렸다.

누구신데 소란을 피우십니까? 여기 계신 분들은 소음에 취약하시다고요.

문 옆에 달린 자그마한 창으로 고개를 내밀고 내게 경고하는 사람은 문을 지키는 자, 그러니까 문지기라고 했다. 나는 문지기에게 성안으로 들어가려면 어떻게 해야 하는지 공손한 태도로 물었다.

뭐 가지고 온 것 있어요?

문지기의 말에 나는 가방에서 원고가 든 서류봉투를 꺼냈다. 성문을 통과할 목적으로 쓴 내 첫 번째 단편소설이 든 봉투였다. 문지기는 기다란 손을 뻗어 원고를 낚아챘다. 기다리라는 말 한 마디 없이 창문이 닫혔다. 집에 가서 연락이 오기를 기다려야 하나? 다음에 다시 와야 하나?

어떤 것도 확신할 수 없었던 나는 문 앞에서 문이 열리길 기다리기로 결정했다. 성문 앞 잡화점에서 구입한 접이식 캠핑 의자에 앉아 책을 읽고 글을 썼다. 가끔씩 문 안으로 들어가는 사람이 나타나면 문이 열리는 순간, 그 틈에 성안의 모습을 엿보려 시도했다.

죄송해요. 이 안으로 어떻게 들어갈 수 있을지 너무 궁금해서요.

내 말에 그는 내가 들고 있는 노트와 펜을 보더니 열심히 쓰면 언젠가는 열릴 것이라 답했다. 그 뒤로 나는 문을 여는 데 성공한 사람들에게 질문을 던졌다. 답은 다양했다.

숨 쉬듯이 쓰세요.

술 마시면서 쓰면 술술 풀립니다.

술은 절대 안 돼요. 맑은 정신으로 준비하세요.

문예창작과도 안 나왔어요? 기본 중의 기본을.

어떤 사람은 내가 성에 온 지 1년도 되지 않았다는 사실에 화를 냈다.

아니, 여기가 어디라고 문이 그리 쉽게 열릴 거라 생각한 거야? 요즘 개나 소나 다 오네. 최소 5년은 버틸 줄 알아야지! 그 고생도 없이 소설가 이름만 날름 챙기려고?

그 분노에 압도당한 나는 5년간 문 앞을 지켰다. 라면을 끓여 먹으며 소설을 썼다.

수많은 '나'와 '너'와 이름들. 내가 낳은 이름들을 봉투에 넣어 문지기에게 넘겼다. 문지기는 주로 첫눈이 내리기 시작하면 나타났다. 원고를 받으면 지난 원고는 별로라느니, 이번 원고는 괜찮을 거라는 어떤 말도 하지 않았다. 언제 나를 들여보내줄 거라는 물음에도 '확인해보겠다'는 답변만 반복했다.

그 사람이 내 앞에 나타났을 때, 나는 이제까지 썼던 소설들을 정리하고 있었다. 중절모를 쓰고 동그란 검은 뿔테 안경을 낀 그 사람은 커다란 캐리어 가방을 끌고 걸어가다 나를 보고 멈춰 섰다.

실례가 되지 않는다면, 지금 무엇을 하는 중인지 여쭤봐도 되겠습니까?

필요 없는 글을 정리하려는 중이었어요.

그 사람은 안경 너머로 나와 내 원고 뭉치를 바라보았다. 한 번 더 실례가 아니라면 왜 이 원고들이 필요가 없다는 말인지 그 뜻을 물어도 되느냐고 했다.

나는 성문을 여는 일에 실패했기 때문이라고 답했다.

이 성에 뭐가 있나요?

성안에 들어가면 이름을 받을 수 있대요. 소설가라는 이름을.

그 사람은 정중한 말투로 내 옆에 잠시 앉아도 되는지 물었고 나는 고개를 끄덕였다. 먼저 캐리어 가방부터 여는데 종이로 가득 찬 내부를 본 나는 깜짝 놀랐다. 전부 그 사람이 쓴 원고들이었다. 원고 더미 속에서 와인 한 병과 잔 두 개를 꺼낸 그 사람은 캐리어 가방을 의자 삼아 걸터앉았다. 우리는 달고 독한 와인을 마시며 이야기를 나누었다.

글 쓰는 분이신가 보네요.

쓰려고 애쓰는 사람이죠.

그래서 성을 찾아오신 건가요?

그 사람은 와인을 마셨다. 자신이 살았던 도시의 특산품이라고 했다.

제 안에는 수많은 이름이 살고 있습니다. 저는 그 이름들을 하나둘 바깥으로 꺼냈습니다. 시든, 소설이든, 종이와 펜만 있으면 언제 어디서든지 이름을 꺼낼 수 있었습니다. 저는 썼지요. 희망도 절망도 없이.

저도 썼습니다. 매일 썼습니다.

그럼 당신은 지금 여기서 무엇을 하고 있는 걸까요? 이미 내 이름 안에 모든 것이 다 들어 있는데.

와인은 내가 예상한 것보다 훨씬 도수가 높았고 나는 지금 취해서 이 사람의 말을 이해하지 못하는 것인가 생각했다. 내 멍한 표정에 그 사람은 다 안다는 듯이 웃었다.

자유가 내 안에 있는 것이 아니라면, 나는 어디를 가도 그것을 얻지 못할 것이다.

이 문장에 주어를 '이름'으로 바꾸어보세요.

나는 소리 내어 그 사람이 내게 준 문장을 읊었다. 퍼뜩 술이 깨어 옆을 보니 그 사람이 앉았던 자리에 책 한 권이 놓여 있었다.

불안의 서, 페르난두 페소아.

나는 밤을 새워 그 책을 읽었다. 이어서 내가 쓴 원고를 다시 한 번 더 읽었다. 첫눈이 내리고 있었다. 문지기가 창문을 열고 나를 향해 늦기 전에 원고를 내놓으라고 소리쳤다. 나는 가방을 싸고 내가 머물렀던 자리를 정리했다.

어디 갑니까? 지금 뭐 하는 겁니까?

고생하셨어요. 고생하세요.

그리고 나는 떠났다.

나는 소설을 쓴다.

그리고 누군가 내 소설을 읽는다.

그 사이에 허락이나 시험, 제도적 승인 같은 것들은 불필요하다. 소설을 쓰는 사람은 이미 소설가니까.

나는 썼다. 목적지 없이 140번 버스를 타고 가다 〈140번 버스의 아이들〉을 썼다. 태어나서 처음으로 미역국을 끓인 뒤 한 시간 만에 〈완벽한 미역국을 끓이는 방법〉을 썼다. 첫 해외 여행지였던 캄보디아 앙코르와트 유적지에서 본 조각들의 미소를 떠올리며 〈휴대용 앙코르와트〉의 그녀를 생각했다. 뜻밖의 이별을 경험한 그녀에게 이 별이 생긴다면? 같은 사소한 말놀이에서 〈이 별의 이름은〉이 태어났다. 나는 썼다. 내가 좋아하는 달리기와 크로스핏을 내 방식대로 이야기하고 싶어 〈메데이아 러닝 클럽〉과 〈크로스핏 독서 수업〉을 완성했다. 〈목천에 당첨되다〉는 지극히 사적인 나의 페소아가 반영된 이야기다.

소설을 왜 쓰시나요? 이 질문에 나는 나를 이야기하고 싶어서, 라고 답을 한다. 삶은 내게 상상 이상으로 무관심하고 누구도 나를 책임지지 않는다는 사실에 상처도 많이 받았다. 그래서 쓴다. 소설가가 되기 전 내가 가장 많이 반영된 〈국가고시)와 같은 소설들. 내가 상상하고 나를 조금씩 닮았으면서 내가 아닌 이름들. 인아, 수아, 도하, 희란과 희남, 김중금, 유리, 정신, 아영과 주와 이선과 세화, 이 이름들을 이제 세상 밖으로 내보낸다.

2019년 5월
김지우

메데이아 러닝 클럽

아영은 아영이었다. 아영은 그게 마음에 들지 않았다. 그저 아영으로만 버티기 힘겨워진 아영은 생전 처음으로 10킬로미터를 쉬지 않고 달리기로 결심했다. 세화는 냉소적인 반응을 드러냈다.

　운동선수하게?

　세화의 말에 아영은 자신의 선택을 정당화할 근거들을 나열했다. 요즘 젊은 세대에서도 마라톤이 유행이라고, 자기계발에도 적합하다고, 또 유명 스포츠 브랜드에서 주관하는 행사인 만큼 사은품도 많고 재미있을 거라고. 세화는 냅킨으로 학 한 마리를 접는 일에 열중했다.

마라톤하다 심장마비로 죽었다는 사람 뉴스 본 적 있어. 돌연사할 위험을 왜 돈까지 주면서 하지?

세화의 손길에 종이학의 부리가 탁 꺾였다. 아영은 삼시 세끼 무슨 다이어트 가루만 먹는 세화의 식습관은 돌연사 위험 범위에 속하지 않는지 묻고 싶어졌다. 먹기만 하면 살이 빠진다는 가루 덕분인지 친구의 다리는 5분이라도 달리면 부러져버릴 것처럼 가늘었다. 아영의 마라톤 예찬론을 가로막는 데 성공한 세화는 잠시 중단되었던 자신의 결혼 준비 이야기를 이어갔다.

예물 포장하는 상자를 보러 갔는데 종이로 된 상자가 있고, 나무로 만들어진 함 이렇게 두 종류가 있는 거야. 우리 최대한 아낄 거 아껴서 하자, 자기랑 나랑 그렇게 얘기했는데, 3만 원 아끼자고 종이로 하려니 자존심 팍 상하는 거 있지, 결혼이 이렇다니까?

아영은 30분째 상자 얘기를 들어주려니 거대한 상자에 갇힌 기분이었다. 신에게 공물 바치는 것도 아니고 한 번 쓰고 버릴 상자가 뭐 중요하다고, 그 3만 원 아껴서 마라톤 참가비 내면 되지, 입술 바깥으로 나오지 못할 말들을 혀끝으로 달래며 아영은 고개를 숙였다.

마라톤 행사 정보를 얻은 곳은 주의 페이스북이었다. 주는 아영이 고시 공부에 열중하던 시기에 우연히 알게 된 남자였다. 도서관 휴게실에서 《바가바드기타》를 읽으며 샌드위치를 먹던 아영의 등을 누군가 툭툭 쳤다.

임용 준비하시는 분이죠?

아영은 어떻게 자신이 임용 준비생인지 알아본 주의 주의력이 신기했고, 무엇보다 낯선 이에게 자연스럽게 말을 건네는 주의 친화력에 이끌려 함께 점심 식사를 하자는 제안을 순순히 수락했다. 그해 주는 시험에 합격해 선생님 이름을 얻었다. 아영은 다시 아영으로 남겨졌다. 주는 틈틈이 도서관 근처 공원을 달렸다. 자정까지 도서관에서 공부를 하던 아영과 달리 주는 해가 지면 자리를 정리하고 운동화로 갈아 신었다.

달리다 보면 내가 제대로 살고 있구나 하고 느껴요. 이런 느낌을 행복이라고 하겠죠?

함께 달리자며 주는 권했지만 아영은 완곡하게 거절했다. 아영에게 오래달리기란 해가 내리쬐는 운동장의 먼지 맛과 같은 고독감과 동의어였다. 고독감은 고상한 표현이고 실제론 쪽팔림에 가까운 감정이었다. 이미 7바퀴를 다 뛴 아이들은 그늘이 드리워진 벤치에 앉아 아영을 바라보는데, 아영은 아직 2바퀴 더 달려야 하고, 뜨거운 햇살에 눈이 부시고,

옆구리는 칼로 찔리는 것 같은 통증이 오고, 입에서 모래 맛이 나고, 몸의 모든 감각이 불쾌함으로 가득 차는 행위가 달리기였다. 주는 선생님이 된 뒤로도 종종 마라톤 완주 메달 사진을 SNS에 올렸다. 5킬로미터, 10킬로미터, 하프 마라톤, 산악 마라톤, 컬러 마라톤, 기부 마라톤, 사람들은 달리기로 할 수 있는 모든 일을 시도하고 있었다.

아영이 시험에 실패한 날, 주는 마라톤 풀코스를 완주했다며 기록증을 업데이트했다. 아영은 어두운 방에 누워 아영에게서 벗어날 수 있는 방법으로 또 무엇이 있을까 곰곰이 생각했다. 새해가 지나고 검은 나뭇가지에서 초록색 여드름이 올라오기 시작하고 창틈으로 따뜻한 바람이 불어오자 아영은 문득 마라톤이 궁금해졌다.

　·

이선에게 연락이 온 것은 세화에게 상자 이야기를 실컷 듣고 왔던 날로부터 3일 뒤였다. 그녀를 마지막으로 본 게 2년 전이었지만, 전화기 너머 이선은 어제도 만났던 사람처럼 자연스러웠다.

나도 마라톤 같이 할래!

그 이유는 이선이 버스를 타고 가는 중 옆자리의 승객이 읽던 책 제목 때문이라고 했다.

《달리기를 말할 때 내가 하고 싶은 이야기》라니, 긴 제목만큼이나 달리기가 뭔지 길게 말하고 싶었나 봐.

선착순으로 접수되는 대회 신청에 성공하면 한강 공원에서 같이 달리기 연습도 하자는 말을 끝으로 통화가 끝났다.

이선과 약속이 잡힌 그날 밤 아영은 집 근처의 초등학교 운동장으로 나갔다. 코끝이 살짝 시릴 정도의 밤 기온에도 운동장엔 대여섯 명의 사람들이 저마다의 궤적을 그리며 움직이고 있었다. 갈색의 우레탄 트랙이 깔린 운동장 가운데에는 초록색의 인조 잔디도 같이 깔려 있었다. 잔디 위로 몇몇 아이들이 축구를 하는 풍경을 보며 아영은 트랙을 밟아보았다. 달리기 전용 트랙은 물기 어린 흙처럼 말랑한 감촉이었다. 약간 자신감이 생긴 아영은 준비 운동 없이 무작정 뛰었다. 검은 바람막이를 입은 포니테일의 여자를 추월하고 얇은 반팔과 반바지 차림의 가느다란 팔다리를 가진 아저씨를 뒤로 제쳤다.

한 바퀴를 뛰자 바나나 크기만 한 벌레 한 마리가 수십 개의 다리를 움직이며 다리에서부터 스멀스멀 올라오기 시작했다. 아영의 몸속으로 파고든 벌레는 잊고 있었던 옆구리 통증을 부활시키고 가슴을 압박하며 숨소리를 거칠게 만들었다. 아저씨가 아영을 추월하고 포니테일이 머리카락을 흔들며 지나갔다. 2바퀴를 뛰고 난 뒤 운동장 한구석의 그네에 앉아 숨을 골랐다. 포니테일의 날렵한 달리기 동작을 지켜본 아영은 아저씨가 먼저 그네 앞을 지나가면 마라톤 신청을 하고 포니테일이 앞서 달리면 신청에 실패했다고 이선에게 말하자 결심했다. 축구 골대를 지나 그네 쪽으로 달려오던 포니테일의 고개가 갑자기 푹 꺾였다. 잔디 위의 아이들과 트랙을 달리던 사람 몇이 그쪽으로 모여들었다. 한 아이가 공을 들고 사과하는 목소리가 아영에게까지 들렸다. 반바지의 아저씨는 표정 변화 없이 공에 맞은 포니테일을 둘러싼 무리를 지나 가뿐히 아영 앞을 지나쳤다.

아영의 기억 속 이선은 키 작고 피부가 새하얀 순두부 같은 이미지였는데, 눈앞의 이선은 새까만 겨울나무 같았다. 지난 2년 동안 이선은 베트남에 있었다고 했다.

어느 날 너무 떠나고 싶어서 눈을 딱 감고 식당 안내 책자를 딱 폈는데 베트남 쌀국수집이 눈앞에 있더라니까. 짜장면집이 나왔으면 중국으로 갔고 피자가 있었다면 어떻게든 이탈리아를 다녀왔을 거야.

까맣게 탔지만 뾰루지 하나 없이 반질반질한 이선의 피부를 보며 학교에서 이선이 부잣집 딸이라는 소문이 돌았던 것이 떠올랐다. 세화는 진짜 부자란 명품 가방이 아닌 머리카락과 피부에서 알 수 있다며 이선에게 직접 묻기까지 했고 이선은 웃기만 했었다. 매일 비싼 관리를 받으리라는 착각을 불러일으킬 만큼 이선의 피부와 머리카락은 빛이 났다. 이선의 엄마를 찾는 고리대금업자들이 이선이 다니는 대학교까지 찾아오면서 소문은 순식간에 사라졌다.

세화가 그토록 부러워한 머리카락이 오후의 강바람에 흔들리며 빛의 꼬리를 그렸다. 개를 데리고 산책하는 아주머니, 자전거를 타고 지나가는 남자, 교복을 입은 학생들, 천천히 강변을 달리는 이선과 아영을 지나치는 사람 모두 이선에게서 흘러나오는 빛의 파도를 홀린 듯이 바라보았다. 맞은편에서 달려오던 외국인 남자가 환하게 웃으며 둘을 향해 한 손을 들었다. 아영은 이선의 뒤로 바짝 붙었다. 이선은 손을 들어 힘차게 흔들며 화답했다. 그 손짓에 아영은 이선의 앞으로 달려가 그녀의 표정을 보고 싶었다. 하지만 뒤처지지 않고 이선의 뒤를 따라가는 것만으로도 아영에게는 벅찬 과제였다. 이선은 쉬지 않고 달렸다. 대교 아래 운동기구와 벤치가 얼기설기 놓인 쉼터에서 아영이 숨을 거칠게 몰아쉬자 이선이 생수 한 병을 사 왔다.

이제는 네가 앞에서 달려, 내가 맞춰 줄게.

이선의 말에 아영이 고개를 들었다. 이마에서 흘러내린 땀이 자꾸만 눈에 들어가 따가웠다.

가장 좋은 건 걸어서 집에 가는 거야.

이선의 웃음소리에 운동기구에서 허리를 비틀던 아주머니가 깜짝 놀라 그녀들을 바라보았다.

네가 무얼 하든 내가 뒤따라갈게!

그 웃음소리에 아영은 달리기를 잘했다는 생각을 처음으로 했다.

달리기를 결심했다는 말에 아영의 엄마는 한숨부터 쉬었다. 귓가에 바람이 느껴질 정도로 깊은 한숨이었다.

넌 왜 항상 쓸데없는 짓을 하니?

아영은 항상은 아니야, 라고 대꾸하려다 침을 한 번 삼키고 준비한 말을 꺼냈다.

사람이 걷고 뛰는 건 자연스러운 일이야.

엄마는 아영의 말을 어쩌다 집 안으로 날아 들어온 파리처럼 취급했다.

넌 항상 내 마음에 안 들어.

옆에서 휴대폰을 빼앗는데 성공한 아빠가 큰 목소리로 아영에게 말했다. 아빠가 다니는 회사 부장님이 마라톤 마니아인데, 달리기에서 신발이 제일 중요하다고 강조하니 좋은 신발을 사라는 얘기였다.

전화가 끊기고 시간은 벌써 해가 져 거실의 소파와 책상의 윤곽이 서서히 희미해지고 있었다. 집 안 모든 물건이 검은 덩어리로 변해 당장이라도 움직일 것처럼 느껴지기 시작할 때쯤 아영은 어둠 속에서 운동화를 찾아 신고 밖으로 나갔다. 운동장 10바퀴를 빼곡하게 채워 달린 뒤 그네에 앉아 운동장의 사람들을 관찰했다.

트랙에 그려진 흰 선을 따라 한 무리의 사람들이 한 방향으로 걷고 뛰었다. 매일 보이는 포니테일과 반바지 아저씨 말고도 한밤에 선캡을 쓴 아주머니가 팔을 휘두르며 걷고, 거대한 물주머니처럼 보이는 뚱뚱한 남자가 느릿느릿 뛰고, 유모차를 끌고 나온 부부가 나란히 서서 유유히 걸으며 각자의 속도에 맞춰 타원형의 궤도를 그렸다. 부모의 손을 잡고 팔짝거리는 아이들이 눈에 들어오면 귓가에 엄마의 경고가 들렸다.

여자는 한 살이라도 젊을 때 빨리 애를 낳아야 한다.

아영은 중학생 때 학교에서 스케치북과 색연필로 인생 계획표를 그렸던 기억을 떠올렸다. 진로와 직업 시간에 자신의 인생 계획표를 들고 앞에 나가 발표했던 바에 따르면 아영은 20살에 대학에 들어가 4년 뒤 바로 졸업하고 졸업하자마자 취업에 성공하여 결혼하는 과정까지 꼼꼼히 짜여 있었다. 30대 이후는 어둠 속 가구처럼 뭉뚱그려진 덩어리로 남아 있었다.

그 너머는 아영의 상상을 넘어선 세계였다. 결혼 이후 윤곽 없는 세계로 진입하기까지 이제 1년 밖에 남지 않았다. 계획표대로 살아갔다면 아영은 아내, 혹은 엄마가 되어 운동장에서 아이와 남편과 나란히 걸을 수 있었을지도 모른다. 아영은 혼자 10바퀴를 달리는 것도 벅찬데, 그녀들은 힘들이지 않고 궤도에서 이탈하지도 않으며 앞으로 나아갔다.

두 번째로 이선과 연습하는 날 그녀는 모임 이름을 정했다며 기뻐했다. 첫 연습이 끝나고 이선은 일주일 내내 시립도서관에 틀어박혀 각종 사전을 뒤적였다. 메데이아라는 이름을 알게 된 것은 《세계 마녀 인명사전》에서였다. 사전을 펼치자마자 87페이지 최상단에 고딕체로 '메데이아 : 그리스 신화에 등장하는 유명한 마녀의 이름'이 눈에 들어왔다고 했다.

메데이아가 누군지는 알고?

아영의 물음에 이선은 두 팔을 머리 위로 들어 올려 스트레칭을 하며 웃었다.

난 원래 책 잘 안 읽잖아.

아영이 메데이아 이야기를 알게 된 계기는 할머니 집 거실에 걸린 그림 때문이었다. 엄마가 하늘에서 계시를 받았다며 가끔 집을 나가면 아빠는 아영을 할머니에게 맡기고 엄마를 찾아 전국의 산을 찾아다녔던 시절이었다. 그림 속 동굴 같은 곳에서 한 여자가 두 아이를 끌어안은 채 밖을 응시하고 있는데 손에 칼이 들려 있었다. 어딘가 절망적인 여자의 표정에 궁금해진 아영은 할머니에게 이유를 물었다. 몸뻬 바지를 입은 할머니는 콩나물 대가리를 자르며 고대 그리스의 한 왕자와 공주에 대한 이야기를 들려주었다.

자기가 낳은 아이를 죽인다고?

이선이 깜짝 놀라 되물었다.

왕자가 약속을 안 지켰으니까.

메데이아는 왕자 이아손을 위해 황금 양털을 손에 넣게 도와주고 왕자를 죽이려는 자신의 아버지에게서 도망칠 수 있도록 남동생을 죽여 바다에 빠뜨리기까지 했는데, 정작 왕이 된 이아손은 다른 나라 공주와 결혼하려고 메데이아를 배신한다. 이선은 달리기 시작했다. 아영은 저번보다 숨이 한결 편해진 것을 느꼈다. 목적지인 성수대교에 도착하자 이선은 뒤이어 달리던 아영의 손을 잡았다.

마음에 들었어.

20분 넘게 달리는 데 모든 힘을 쓴 아영은 무의식적으로 내가? 라고 말했다. 예의 커다란 웃음소리로 화답하며 이선은 말했다.

네 이야기를 듣고 나니까 메데이아가 훨씬 더 좋아졌어.

메데이아의 어느 부분이 이선의 마음에 들었는지 모르겠지만 아영은 이선의 웃음소리가 좋았다. 숨소리가 정상으로 돌아오고 아영은 어제 세화와 주고받았던 이야기를 꺼낼 수 있었다.

그럼 셋이 메데이아 하면 되겠다.

기뻐하는 이선의 얼굴을 보며 아영은 좀 더 숨을 고른 뒤 입을 열었다.

넷이야.

메데이아는 정말 강력한 마녀였을지도 모른다고 아영은 생각했다. 이선이 러닝 클럽의 이름을 결정했을 순간에, 아영은 동시에 2명에게서 함께 마라톤에 나가자는 연락을 받았기 때문이었다. 사실 아영은 세화보다 주를 먼저 만났다. 주가 합격한 뒤로 아영은 주에게서 가끔 밥 먹자는 연락을 받았지만 응하지 않았다. 자신이 정리한 시험 대비 요약 노트를 주고 싶다는 말에 아영은 약속을 잡았다. 아영의 집 근처 카페에서 주는 활짝 웃으며 아영을 바라보았다.

달리기를 시작하셨다면서요?

주는 말이 많은 사람이었다.

내가 같이 달리자고 할 땐 모른 채 하더니 무슨 바람이 불었어요?

대답할 말을 찾지 못해 커피만 마시는 아영을 보며 주는 자신 역시 그 대회에 참가하게 되었다면서 같이 연습하자고 했다. 주말마다 친구와 한강에서 연습한다는 말에 주는 바람직한 일이라며 고개를 끄덕였다.

저도 같이 해도 될까요?

아영은 안 된다는 말을 할 수 없었다.

주를 만난 바로 다음 날 밤 세화는 아영에게 자신을 보러 집 앞까지 와 달라며 전화를 몇 번이나 걸었다. 술집에서 맥주병 4개를 장벽처럼 쌓아놓은 세화는 살기 너무 힘들다고 한탄했다. 술에 취한 세화의 중구난방 이야기들을 짜 맞춰 보니 한 달 뒤로 예정되었던 결혼이 파혼으로 결론이 난 것 같았다.

사람들이 나를 너무 이해를 못해! 나 너무 외로워 아영아!

세화에게서 너무가 너무 반복되면서 아영은 너무 졸렸다. 달리기 연습을 시작하면서 새벽까지 잠들지 못했던 아영의 불면증이 저절로 고쳐졌다. 평소라면 지금쯤 잘 시간이었다. 귀로는 세화의 넋두리를 흘려들으며 아영은 반쯤 감긴 눈으로 잔 위에 솟아오르는 생맥주의 기포를 무심히 따라갔다.

나 마라톤 신청 성공했다.

잔 끝까지 솟아난 방울이 밖으로 나오지 못하고 탁 터지면서 아영의 잠도 깼다.

뭐라고?

마라톤인지 마라돈인지, 이제 잃을 것도 없는데 할 거야, 하자!

아영은 잠시 고민하다가 이선과 함께 대회에 나간다는 말을 꺼냈다. 세화는 빈 병을 잡고 판사가 판결봉을 두드리듯 테이블을 3번 쳤다.

셋이 같이 해!

아영은 좀 더 길게 숙고한 뒤 남자도 한 명 있다고 말했다. 병 하나를 더 잡은 세화는 이번에는 양손으로 드럼을 치듯이 번갈아가며 테이블을 쳤다.

남자면 더 좋고!

네 명이 처음으로 모이게 된 날, 세화는 아영보다 먼저 한강 공원에 도착해 이선과 나란히 벤치에 앉아 대화에 열중

하고 있었다. 아영이 다가가자 세화와 이선이 동시에 고개를 들었다. 세화의 얼굴이 급격히 어두워졌다.

너 이따위로 입고 지금까지 한강에 나왔어?

산 지 몇 년 된 펑퍼짐한 회색 후드 티에 품이 넓은 트레이닝복 바지 아래로 얼마 전 새로 산 운동화만이 형광 주황색으로 홀로 빛났다. 세화는 아영의 후드 티와 이선의 반팔 티 소매를 잡아당기며 화를 냈다.

둘 다 준비가 안 돼 있어!

허리가 잘록한 푸른색 바람막이에 다리 라인이 그대로 드러나는 스포츠용 레깅스를 신고 새 러닝화까지 갖춘 세화의 모습은 스포츠 매장 진열대의 여자 마네킹이 살아서 걸어 나온 것 같았다.

남자 분도 온다고 하지 않았니?

세화의 물음에 이선이 손가락으로 어딘가를 가리켰다.

내 느낌에 저 사람이야.

아영이 뒤돌아보자 이번엔 남자 마네킹처럼 달리기 복장을 차려입은 주가 이쪽을 향해 뛰어오고 있었다. 세화는 주를 반드시 봐야만 하는 문화 유적을 관찰하듯 꼼꼼히 뜯어보았다. 이선은 손뼉을 치며 웃었다.

우리 이름처럼 네 명이 꼭 모였다!

넷은 짧게 자기소개를 했다. 주는 이선에게 왜 모임의 이름이 메데이아인지 물었다. 아영에게 들었던 이야기를 축약한 이선의 설명에 세화가 고개를 끄덕였다.

막장도 좀 강한 막장이 내 취향이야.

주는 고대 그리스인들이 자신의 정조에 충실했던 사람들이라고 말했다.

그 모든 행동들이 메데이아에겐 가장 메데이아다운 것들이겠죠.

이선은 한마디 덧붙였다.

이름 자체도 마음에 들거든요, 메-데-이-아 발음도 쉽고 네 명이 어깨동무하고 서 있는 모양 같아서.

주가 아영을 보며 웃었다.

그러니까 우리 다 아영 씨가 모은 거네요?

세화가 아영을 기습적으로 껴안았다.

얘가 은근히 인복이 넘쳐, 나도 쫌 나눠줘.

아영은 한 명씩 이곳에 모인 이들의 얼굴을 훑었다.

연습 시작할까?

스트레칭을 마치고 달리기 시작했을 때는 완전한 밤이었다. 마라톤 경험이 풍부한 주의 주도 아래 넷은 두 명씩 짝지어 달렸다. 준비 운동 내내 목이 아프다 다리가 뻐근하다 투덜거린 세화가 주와 나란히 앞서 달렸다. 아영은 이선과 함께 뒤따라갔다. 새까맣게 물든 강물 위로 강 너머 강변도로의 가로등과 아파트 불빛이 기다랗게 빛의 그림자를 드리웠다. 실로폰 건반처럼 늘어선 빛의 가락들을 손으로 건드리면 한 번도 들어본 적 없는 소리가 들릴 것 같았다. 인간의 손을 대신하여 초봄의 강바람이 반사된 도시의 불빛을 두드리고 아영의 앞에서 달리는 주를 통과해 아영을 스쳐갔다. 눈앞에 주의 각진 어깨가 강바람을 상당량 막아주고 있었다. 남은 바람을 아영은 들이마시고 또 내쉬었다. 목적지인 다리 아래서 세화는 아영이 처음 달렸을 때보다 편안한 숨소리로 서 있었다.

생각보다 잘 달리시네요?

주의 칭찬에 세화는 손으로 브이를 만들었다. 그 모습을 보는 아영의 코에 아까는 느끼지 못했던 한강의 물비린내가 들이닥쳤다. 한여름 차양도 없는 수산시장의 가판대에서 파리가 잔뜩 앉은 생선이 풍기는 냄새 같았다. 비린내에 신이 난 벌레가 아영의 온몸을 뒤집어놓고 있었다. 왔던 길을 돌아가며 이선이 아영에게 밤의 강 풍경이 아름답지 않냐며 속삭였다.

하지만 냄새가 지독해.

아영은 평소보다 조금 큰 목소리로 답했다.

대회가 2주 앞으로 다가오자 집으로 마라톤 패키지가 배달되었다. 저녁에 방문한 택배기사는 아영이 문을 열자 깜짝 놀랐다.

불도 안 켜고 살아요?

대꾸 없이 베개만 한 크기의 두툼한 비닐봉지를 받아 거실에 서서 뜯었다. 노란색 형광펜을 녹여 물들인 것 같은 빛깔의 티셔츠가 어둑한 거실에서 환히 빛났다. 기념품인 수건과 양말과 행사 안내 리플릿과 달리기 기록을 측정하기 위한 칩과 화장품 샘플이 봉지에서 계속 나왔다. 한 사람이 한 시간 남짓 달리는 일에 이렇게나 많은 물건이 필요한지 아영은 궁금해졌다. 여성용 티셔츠는 허리 라인이 잡혀 있어 한 사이즈 크게 신청했는데도 아영의 몸에 꼭 맞았다. 당황한 아영은 리플릿을 펼쳤다. 표지에 두 남녀가 앞으로 달려 나가는 포즈를 취하고 있었다. 그들의 머리 위로 '달리기는 이기는 것이 아니다. 즐기는 것이다'라는 홍보 문구가 반짝거렸다. 아영은 당일 달려야 할 코스를 살폈다. 잠실 주경기장에서 2만 명의 참가자들이 모여 경기가 시작되면 롯데월드를 지나 잠실대교를 건너 다리 반대편에서 반환점을 찍고 다시 되돌아와 출발 지점이었던 주경기장에서 끝나는 경로였다. 세 시간 안에 결승점에 도착하지 못하면 완주 메달을 받을 수 없다는 경고가 굵은 글씨로 적혀 있었다.

아영의 뱃속에서 경고 문구에 자극받은 벌레가 위벽을 긁고 다녀 속이 쓰려왔다. 벌레를 진정시키기 위해 마라톤 티셔츠를 입고 운동장으로 나갔다. 운동장에 있는 모든 사람들이 아영의 형광색 옷을 쳐다보는 것 같았다. 5바퀴쯤 뛰다 그네에 앉아 숨을 고르는 아영에게 포니테일이 다가왔다.

저도 그 마라톤 나가요.

아영은 낯선 이에게 말을 거는 사람이 생각보다 많다는 사실과 마라톤을 하는 사람은 더 많다는 사실이 놀라웠다. 어느새 벌레는 움직임을 멈추고 잠들어 있었다.

대회 하루 전 세화는 이선과 아영을 불러냈다. 여러 종류의 스포츠 매장이 밀집한 거대 쇼핑몰에서 세화는 둘의 손에 검은 러닝용 타이츠와 스포츠 브래지어를 하나씩 쥐여주고 탈의실로 떠밀었다. 몸의 곡선이 숨김없이 드러나는 타이츠는 아영을 비웃는 것처럼 보였다. 뒤이어 갈아입고 나온 이선이 거울 속에서 아영과 나란히 섰다.

너무 잘 어울린다, 영아.

아영은 무릎까지 오는 타이츠 아래로 굴곡 없이 뻗은 다리를 가진 이선과 세화 사이에서 나란히 달릴 자신이 없었다. 결국 아영은 헐렁한 트레이닝복 바지를 골랐다. 계산하려는 아영과 이선의 손등을 찰싹 때리며 세화는 이미 계산이 끝난 종이 가방을 나눠주었다. 카페에서 점심을 먹으며 세화는 대회 집합 시간이 너무 이르지 않냐며 불평했다.

우리집에서 잠실까지 지하철을 세 번은 갈아타야 해.

이선은 새벽같이 일어나야 겨우 시간을 맞출 수 있겠다며 말했다.

경기도 남부에서 서울까지 한참을 올라와야 해.

아영이 기억하기로 주는 넷 중에서 가장 잠실과 먼 지역의 학교 관사에서 살고 있었다. 세화가 아영의 손등에 손을 올렸다.

너 잠실에서 사는 거 맞지?

아영은 혼자 산 지 좀 되었다고 말했다. 세화는 정색했다.

너 독립했었어? 근데 왜 나한테 말 안 했어?

세화의 손등 위로 이선의 손이 겹쳐졌다.

영이 집이 경기장까지 지하철 타고 한 번에 갈 수 있지?

아영은 고개를 끄덕였다. 자기만 몰랐다며 짜증을 내던 세화가 순식간에 표정을 바꾸고 애절하게 아영을 바라보았다.

오늘 셋이 같이 자자.

아영은 잠시 세 개의 손이 겹쳐진 모습을 바라보았다.

그럼 넷이 같이 가자.

퇴근 후 집에서 짐을 챙겨 아영의 집에 도착한 주는 벨을 눌렀다. 세 번을 눌러도 반응이 없자 손잡이를 잡고 돌려보았다. 순순히 문이 열리고 안으로 조심스럽게 들어간 주는 센서등이 켜지지 않자 당황했다. 신중하게 신발을 벗고 안으로 들어가 거실 스위치를 찾아 더듬거리는 주 앞에 동그란 손전등 불빛이 갑자기 나타났다. 악 비명을 지르는 주를 보며 소파 위에 나란히 앉아 있던 셋이 웃었다.

짝퉁 007 같았어.

세화가 손전등 하나를 더 켰다. 넷은 손전등을 가운데 두고 거실 한가운데 동그랗게 모여 앉았다.

전기 끊겼어요?

주가 아영에게 물었다.

그냥 내가 형광등을 싫어해요.

주는 이선과 세화를 번갈아 쳐다봤다.

10년 친구가 알고 보니 뱀파이어였네.

세화의 말에 이선이 웃었다.

이렇게 앉아 있으니까 캠핑 온 거 같다.

어둠 속에서 얼굴을 맞대고 있으니 넷은 10년 지기가 된 것 같은 느낌이었다. 아영은 식빵 한 봉지와 꿀 한 통을 꺼냈다. 빵에 꿀을 발라 먹으며 이선은 세상에서 수련회가 제일 끔찍했다고 고백했다.

그중에서도 밤에 촛불 하나씩 쥐여주고 고생하시는 부모님을 생각하라는 둥 분위기 잡는 시간이 최악이었어.

강의실에서 이선의 머리채를 잡아 끌어내며 니년 애미 어딨는지 말하라며 악다구니를 부리던 파마머리 아줌마를 아영은 문득 떠올렸다. 세화는 촛불을 받은 순간부터 진짜로 울었다며 식빵 귀퉁이를 뜯으며 말했다.

왠지 울어야 할 것만 같아서.

요즘도 수련회 가요?

이선의 말에 주는 고개를 끄덕였다.

학교에서 하는 일이 보통 그런 식이에요. 지금부터는 촛불을 바라보며 울어야 할 시간이야! 시키는 거죠.

주는 아영이 처음 만났을 때보다 몇 배로 더 늙어버린 목소리였다.

축구를 잘하는 애는 축구를 실컷 하게 만들고 책 읽는 걸 좋아하는 학생에겐 종일 책만 읽으라고 하고 싶지만 내가 할 수 있는 건 한 공간에 몰아넣고 촛불을 쥐여주는 일 뿐이에요.

주의 말에 세화는 친구 만드는 일은 자신 있다고 말했다.

친구 만드는 학교가 있었다면 나는 전 세계 사람을 사귀었을 걸.

아영은 고개를 들어 손전등이 천장에 만들어낸 동그란 불빛을 바라보았다. 노란색의 커다란 눈동자가 그들을 내려다보는 것 같았다.

난 잘 모르겠어.

아영은 손전등을 흔들어 불빛보다 더 커다란 원을 그렸다. 나는 나 자신이 되어야 좋은 거야, 내가 아닌 새로운 사람이 되어야 행복한 거야?

침묵을 깬 건 주였다. 내일 새벽같이 나가려면 일찍 자야 한다는 말에 자리에서 일어난 넷은 그릇을 치우고 이불을 폈다. 주는 소파에 눕고 셋은 거실 바닥에 나란히 누웠다. 천장에 형광등이 있어야 할 자리에 뻥 뚫린 것처럼 검은 흔적이 남아 있었다.

왜 형광등을 싫어하는 지 물어봐도 대답 안 할 거지?

이선의 물음에 아영은 잠자코 천장만 보고 있었다. 형광등을 켠 채로 잠자리에 들지 않아도 되는 생활을 하게 되면서 눈을 감아도 빛 무리가 눈꺼풀 안쪽에 남지 않는 점이 아영은 가장 좋았다. 구더기 같은 기다란 빛의 덩어리는 낮에도 동공에 파고들어 꿈틀거렸다. 벌레는 곧 수백 개의 털처럼 보이는 다리를 움직여 아영의 머릿속까지 침범하고 겨드랑이와 사타구니를 거쳐 종아리까지 헤집고 다니며 자신의 다리를 박아 넣었다. 아영의 엄마는 몸에 자연스럽게 돋아난 털을 미는 행위는 자연에 반하는 일이라고 가르쳤었다. 움직임 없이 누워 있던 세화가 다리를 뻗어 아영의 맨다리를 쓸어내렸다.

너 이제야 제모도 하는구나? 아주 마음에 들어.

세화의 말에 아영이 중얼거렸다. 자연스러워?

어느새 잠들었는지 주의 코 고는 소리가 자연스럽게 아영의 거실에 울려 퍼졌다.

지하철 자리에 나란히 앉은 넷은 아침으로 바나나 한 송이를 나눠 먹었다. 경기장이 가까워 올수록 형광색 티셔츠를 입은 사람이 하나둘 열차에 탔다. 역에서 나와 마라톤 행사장으로 걸어가면서 세화는 휴대폰에 대고 걱정하지 말라고 나올 필요 없다며 몇 번이고 반복해서 말하고 있었다.

겨우 10킬로미터 가지고!

통화 종료 버튼을 누르며 세화는 투덜거렸다.

너희들 엄마도 이렇게 유난이야?

무심코 아영과 이선을 바라본 세화는 지금 당장 출발선으로 달려가고 싶은 얼굴로 재빨리 하늘을 응시했다. 하늘을 올려다본 이선이 손가락을 펴 무언가를 가리켰다. 종합경기장 하늘 위로 마라톤 모토가 적힌 깃발이 애드벌룬에 매달려 펄럭이고 있었다.

뭐든 즐기면 즐겁게 지나가게 돼 있어.

주가 아영과 세화의 어깨에 손을 얹었다.

오늘 다 잘할 거야.

주의 손길에 당황한 벌레가 아영의 몸 속 깊은 곳으로 도망쳤다.

거대한 경기장을 가득 채운 형광색의 참가자 무리에서 아영은 혹시라도 집 앞 운동장의 포니테일과 마주치지 않을까 기대했지만 여성 참가자들은 죄다 머리를 한 갈래로 높이 묶었다. 독립을 선언하면서 아영이 가장 먼저 한 일은 허리까지 늘어뜨렸던 머리카락을 짧게 자르는 것이었다. 한 달에 한 번 만날 때마다 엄마는 아영의 귀가 다 드러나는 쇼트커트를 보며 끔찍해했다. 아영의 얼굴에서 미끄러지는 엄마의 시선을 보며 아영은 큰 소리로 웃고 싶었다. 거울을 보며 웃어보려 했지만 그때마다 벌레가 목구멍을 간질이거나 콧구멍 언저리에서 몸을 비틀며 약을 올렸다. 아영은 웃는 일이 달리기보다 훨씬 어려웠다. 짧은 머리카락을 만지작거리며 주에게 혹시 자기 모습이 이상해 보이냐고 물었다.

긴 머리보다 훨씬 잘 어울려요.

주는 자연스럽게 웃었다.

저번에 얘기하려고 했는데.

아영은 행사장 구석에서 스트레칭으로 몸을 풀면서 출발선까지 가는 내내 주의 얼굴을 똑바로 쳐다볼 수 없었다.

달리기 기록을 인정받으려면 출발선에 설치된 기록 장치를 반드시 밟고 지나가야 했다. 1만 명의 사람들이 빠져나가기에 출발 위치를 표시한 아치형 문은 너무 작아 보였다. 넷은 서로의 손을 잡고 출발선부터 이어지는 줄을 찾아 다른 참가자들과 몸싸움을 벌였다. 앞 사람의 등에 코를 박은 아영은 선크림 냄새에 숨이 막혔다. 누군가의 뒤꿈치를 밟고 또 다른 발이 아영의 운동화를 벗기려 했다.

지나갑니다!

주의 굵은 목소리 뒤로 여기가 줄이 아니면 어디로 가? 하는 세화의 목소리가 빠르게 붙었다.

어쨌든 출발은 하겠지.

이선의 느긋한 목소리에 맞추어 카운트다운이 시작되고 출발선 쪽에서 폭죽이 터졌다. 시작되었다는 자각도 없이 넷은 파도에 휩쓸리는 뗏목처럼 무리의 흐름에 휘말려 출발 지점까지 떠밀렸다.

결승선에서 만나!

이선이 앞으로 먼저 뛰어가고 그 뒤로 세화가 바짝 붙어 따라갔다. 주는 이선보다도 빨리 치고 나갔는지 보이지 않았다. 혼자 남은 아영은 제 속도를 찾아 달리기로 했다.

경기장 밖으로 나가자 햇빛이 눈앞에 무참히 쏟아져 내렸다. 순간 눈앞이 새하얗게 질려 잠시 앞이 보이지 않는 사이 아영의 등 뒤로 누군가 추월하면서 팔꿈치로 아영의 어깨를 세게 치고 갔다. 넘어지기 전 간신히 정신을 차린 아영의 앞에 사람들로 가득한 2차선 도로가 펼쳐졌다. 벌써부터 걷는 사람과 이들을 피해 요리조리 달리는 사람, 아영처럼 넘어질 뻔 한 사람들도 보이고, 친구인지 회사 동료인지 빨간색 조끼를 단체 티 위에 걸친 이들이 2차선 도로를 한 줄로 서서 가로막아 길이 막혀 속도를 줄이는 참가자도 여럿 있었다. 도로는 충분히 넓었지만 사람이 너무 많아 제 속도를 찾기 어려워 보였다.

1킬로미터 안내 표지판을 지나며 아영은 발목부터 시큰한 통증이 올라오는 것을 느꼈다. 발목에서 시작된 통증은 종아리를 타고 무릎을 건너 서서히 흉부를 압박하고 목구멍을 죄어오면서 두 눈까지 점령했다. 햇빛이 너무 많았다. 세계가 거대한 형광등 아래 발가벗겨져 방치되었다. 새하얀 빛은 살아 있는 모든 것에게서 수분을 빼앗아갈 것이다. 하얗게 말라버린 사람들은 자기 몸이 가루가 되어 사라지는 것도 모르고 멍하니 달리고 있다. 우리는 소멸하기 위해 여기 모였다. 벌레가 속삭였다. 말라붙은 입술에서 피 맛이 났다. 거대한 빛의 덩어리에 짓눌린 아영의 두 다리가 힘을 잃고 휘청거리기 시작한 그때 이번에는 뒤에서 아영의 허리를 손으로 밀기 시작했다. 주가 뒤에서 달리고 있었다.

조금만 더 가면 급수대가 나와요!

주의 목소리에 온 세상을 뒤덮은 빛의 덩어리가 서서히 작아지더니 익숙한 벌레 크기로 줄어 땅에 떨어졌다. 아스팔트 바닥에 아영의 땀이 떨어져 작은 얼룩을 만들었다.

달릴 땐 앞을 보세요!

물 냄새가 섞인 바람이 점점 더 강렬해지며 아영의 얼굴을 두드렸다. 어느새 잠실대교가 코앞이었다.

다리에 들어서기 전 아영은 코스 밖에 다리를 뻗고 주저앉아 진행 요원이 뿌려주는 스프레이식 파스를 받고 있는 이선을 발견했다. 옆에 서 있는 세화가 둘이 다가오자 손을 흔들었다.

어떤 미친놈이 우리가 가는데 뒤에서 밀치고 가더니 사과
도 안 하고 내뺐잖아!

세화가 화를 냈다. 다리를 폈다 접었다 하며 상태를 살핀
이선이 세화의 손을 살짝 잡았다.

쓸데없이 화 많이 내지 마.

세화는 이선의 손을 뿌리쳤다.

화날 때 화를 내야 제대로 사는 거야, 이 멍청아!

넷은 둘씩 짝을 지어 천천히 달리기로 했다. 이선과 나란
히 달리며 세화는 숨도 쉬지 않고 이선에게 쏘아붙였다.

사람이 어떻게 웃기만 하면서 살 수 있냐? 내가 복장이 터
져서 진짜!

이선은 또 웃었다.

달리면서 수다도 떨고, 화도 내는 세화는 폐활량 장난 아
니다.

아영의 옆에서 주가 큭큭대며 웃었다. 아영도 몸속 어디
선가 웃음소리가 빠져나오려 애를 쓰고 있었다. 그 기세에
벌레가 어떻게든 살아보려 발버둥을 치다 끝내 아영의 벌어
진 입에서 튀어나왔다. 푸하, 물 밖으로 막 나온 수영 선수처
럼 크게 호흡을 들이쉬는 소리 같은 웃음이었다. 추방된 벌
레는 강바람에 날려 하늘 위로 날아올라 사라졌다.

저것 봐!

이선이 하늘을 가리키며 소리쳤다. 다리 위 새파란 하늘 위로 작은 섬 하나 크기만 한 구름이 아침 햇살을 금빛 옷처럼 두르고 존재감을 뽐내고 있었다. 여기저기서 감탄하는 목소리가 터져 나왔다. 난간에 기대 기념사진을 찍는 참가자들이 눈에 들어왔다.

시원한 아이스크림 먹고 싶다!

잠실대교 한복판에서 세화가 소리를 질렀다. 이선이 큰 소리로 웃었다.

장관이지 않아요?

옆에서 달리던 주가 웃는 얼굴로 아영을 돌아보았다.

황금 양털 같네요.

아영은 실제로 황금 양털이 저렇게 생겼다면 왕의 증표로써 탐낼 법도 하다고 생각했다. 할머니에게 이야기를 들을 때마다 아영은 그게 제일 안타까웠다. 메데이아가 황금 양털을 직접 소유하지 못하고 이아손에게 자신의 운명을 맡겨버린 것 말이다. 아영이 보기에 이아손은 메데이아를 이용하고 버린 사기꾼이다. 보물은 그녀의 것이다.

아영은 중얼거리며 황금빛 구름과 구름 아래 잠실대교와 다리 가득 마라톤에 참여한 사람들과 함께 달리는 이선과 세화 그리고 주. 이 모든 것들을 동시에 바라보았다. 그들 사이에 낀 아영은 아영이었다. 지금 이 순간 아영은 그게 마음에 들었다.

완벽한 미역국을 끓이는 방법

서로의 근황을 묻는 자리에서 케이는 유리에게 당연하다는 말투로 유리의 남편이 복통을 호소하며 응급실에 실려간 적은 없는지 물었다. 유리는 평온하게 답했다.

"아직 잘 살아서 코도 잘 골아."

"밥을 네가 안 하는구나?"

유리는 대답 대신 싱긋 미소를 지었다.

7년 전 대학 동기 엠티에서 유리에게 아침 해장라면을 맡긴 벌로 5명이 넘는 희생자가 생겼었다. 그때 케이는 '라면에서 이상한 냄새가 난다'며 참사를 피해간 생존자이자, 유리가 라면을 끓였던 사건 현장에 놓인 올리고당 병과 주방

세제 병이 비슷하게 생겼다는 것을 찾아낸 탐정이었다. 그 사이에 5번 넘게 화장실을 들락날락한 과대표는 '애초에 라면에 올리고당을 왜 넣어!'라고 절규했다. 그 결과 유리는 '요리 학살자'라는 별명을 얻었다. 케이는 너를 받아준 형부야말로 보살이라며 친구로서 할 수 있는 훈훈한 덕담을 던진 뒤, 진지하게 물었다.

"너희 시어머니께서도 '요리 학살자'의 드높은 이름을 알고 계시니?"

유리는 더 큰 미소로 답변을 대신했다. 신혼여행을 다녀온 뒤 첫인사를 드리러 간 자리에서 어머님은 유리의 손을 꼭 잡으며 둘 다 굶지 말고 세 끼 꼭 챙겨 먹을 것을 당부하셨다. 남편에게 왜 이렇게 얼굴이 '여볐냐'며 한 차례 폭풍과 같은 인사가 지나간 뒤였다. 유리의 말에 케이는 다 이해한다며 고개를 끄덕였다.

"결혼한 자에게는 성경과도 같은 중요한 경전 하나가 있지. 아내의 도리 제1장 1절, 아내는 가족 구성원에게 매 끼니 요리를 척척 해줄 줄 알아야 한다."

"아내의 도리가 아니라 아내의 볶음 아닌가."

방실방실 웃으며 자신을 바라보는 유리의 얼굴에 케이는 며칠 전 '닭도리탕'의 어원에 얽힌 이야기를 전해준 과거의 자신을 혼내주고 싶었다. 닭도리탕이나 닭볶음탕이나 뭐라 부르든 맛만 있으면 그만 아닌가!

미소를 거둔 유리는 가라앉은 목소리로 케이에게 말했다.

"신이 있다면 내게는 아내의 도리만 주시고 능력까지 주시는 걸 깜박하셨나 봐. 남편이 내가 한 볶음밥을 한 입 먹었다가 화를 냈거든."

"올 태풍이 이미 쓸고 갔었구먼. 이번엔 뭘 넣은 거지?"

유리는 친구에게 볶음밥 색이 너무 희멀겋게 떠 보여 이상해 콜라를 넣었다고 실토했다. 요리 학살자의 능력을 온몸으로 경험한 유리의 남편은 부지런히 장을 보고 직접 요리를 시작했다. 남편의 요리는 긴 자취 경력에 비례하여 훌륭한 맛이었다. 요리를 제외한 빨래와 청소 같은 집안일들은 유리의 깔끔한 성격에 잘 맞았다. 하지만 마음 한구석에 비치된 '아내의 도리'가 자꾸만 유리의 신경을 건드렸다. 유리의 능력은 제거하는 것이었다. 바닥의 먼지를 제거하고, 옷의 얼룩을 제거하며, 쓰레기를 분리수거하여 말끔히 제거하는 것. 유리가 하는 일도 출판사에서 원고의 불필요한 부분들을 제거하는 교정직이었다. 그 능력이 요리로 향하면 요리의 맛을 제거해버리는 것이 문제였다.

유리의 우울한 표정에 케이는 위로의 말을 건넸다.

"아내의 볶음에 너무 신경 쓰지 마."

"그래서 이번에 한 번 크게 만회하려고."

"뭘?"

"다음 주 남편 생일상 차려줄 거야."

케이는 10년간 지속된 우정의 힘으로 자신의 놀람이 표정으로 드러나지 않도록 자제하는데 간신히 성공했다. 요리 학살자를 더 놀라게 해선 안 된다, 라고 침착하게 생각을 가다듬은 케이는 유리에게 물었다.

"생일상이니 미역국을 끓일 예정이겠지?"

"당연하지."

"그럼 넌 이것만 기억해라. 지금부터 내가 하는 말을 따라해."

"지금부터 내가 하는 말을 따라해."

"미역국에 미역, 소고기, 간장, 참기름, 다진 마늘만 넣는다. 5가지 뭐라고?"

"미역, 소고기, 간장, 참기름, 마늘."

"절대로!"

케이의 목소리가 점점 더 커졌다.

"뭔가 싱겁다고 고춧가루를 넣는다거나 미역이 외로워 보인다고 파나 양파를 넣거나, 다 허락할 수 없어. 저것 5개 제외하고 뭐든 넣지 마!"

"잘 알겠어, 고마워."

그래서 일주일 뒤 남편의 생일을 하루 앞두고 유리의 '아내의 도리' 미션이 시작되었다. 남편은 아무것도 모른 채 해맑은 얼굴로 출근했고, 오전 동안 할당받은 교정지를 빠르게 해치운 유리는 장을 보러 갔다. 마트에서 마른 미역과 국거리용 소고기 한 팩, 깐 마늘 한 봉지를 샀다. 간장과 참기름은 집에 구비되어 있다는 것 정도는 유리도 알았다. 미역국만 끓이면 식탁이 썰렁해 보일까 우려하여 양념불고기도 한 팩 샀다. 빵집에서 케이크를 사면서 유리는 기분이 고양되는 것을 느꼈다. 남편을 위해 장을 보는 자신의 모습이 아름답게 느껴졌다. 부엌에서 앞치마를 하고 요리를 하는 자신의 모습은 상상만으로도 완벽했다.

유리는 내면 깊은 곳에 방치되어 굴러다니던 '아내의 도리'를 조심스럽게 들어 올렸다. 먼지를 닦고 잘 보이는 마음 한복판에 모셨다. 그 옆에 요리하는 유리 자신의 그림을 걸었다. 집으로 돌아온 유리는 비장한 마음으로 냄비를 꺼냈다. 구입한 재료와 함께 케이가 메일로 보내준 미역국 레시피를 휴대폰 화면에 띄워 조리대 한구석에 올려놓았다.

〈절대 망할 리 없는 미역국 끓이기〉

1. 미역 10그램을 물에 불린다.

시작부터 벽에 부딪혔다. 도대체 어떻게 그램을 재는 거지? 부엌 찬장을 뒤지던 유리의 손에 머그잔 하나가 잡혔다. 머그잔 반 정도 마른 미역을 부어 넣었다. 까맣게 말라붙은 미역은 어린아이의 머리털처럼 작고 연약했다. 결국 머그잔 한가득 미역을 채워 넣고 그 위에 물을 부었다. 머그잔 손잡이를 잡고 싱크대에서 물을 받으니 간편했다.

2. 냄비에 참기름을 두르고 소고기를 살짝 볶는다.

참기름을 붓고 가스레인지 불을 켰다. 금세 집 안 가득 고소한 기름 냄새가 퍼졌다. 그때 휴대폰으로 광고 전화가 걸려왔다. 전화를 끊고 레시피를 다시 확인하는 사이 잔잔하던 기름이 지글거리기 시작했다. 랩을 뜯어 소고기를 한 번에 냄비 안으로 던져 넣었다. 한창 끓어오르던 기름은 오래 굶은 사람처럼 부엌 사방팔방으로 튀어 오르며 소고기를 집어삼켰다. 영문도 모르고 냄비 속으로 끌려 들어간 소고기는 숨 쉴 틈도 없이 까맣게 멍들었다.

3. 물에 불린 미역의 물기를 제거하여 고기와 함께 볶는다. 이때 간장 한 숟갈을 넣는다.

까만 덩어리가 된 소고기를 휘젓느라 정신없는 사이 머그잔 속 가느다란 머리칼 같던 미역은 무섭게 불어나 근육질의 해초 괴물로 변모했다. 미역 괴물에 놀란 머그잔이 미역을 꾸역꾸역 토해내는 것을 발견한 유리는 급한 마음에 축축한 미역 한 주먹을 손에 쥐고 냄비에 넣었다. 물기를 머금은 미역과 불기에 달궈진 기름이 만나 폭탄이 되었다. 기름이 튀어 오른손이 화끈거렸지만 여기서 포기해서는 안 된다. 연기를 내뿜는 미역과 소고기를 긴 나무 스푼으로 미친 듯이 휘저었다. 간장! 진간장 병을 꺼내 계량할 틈도 없어 뚜껑을 열어 감으로 간장을 부었다. 간장이 들어가자 맹렬하던 미역과 고기의 성질머리가 한풀 꺾이는 듯 했다. 안심한 유리는 남아 있던 불린 미역을 모조리 냄비에 넣었다.

4. 물을 붓고 다진 마늘을 넣은 뒤 국이 끓기 시작하면 약불로 낮추어 20분에서 30분 정도 푹 끓인다. 끝!

2리터 생수병으로 반 정도 분량의 물을 넣고 장 볼 때 산간 마늘을 한 줌 집어 국에 넣었다. 기름과 소고기와 미역에 혼을 빼앗긴 유리는 레시피를 확인할 정신이 없었다. 케이가 기억하라는 재료 중 다진 마늘에서 '다진'은 이미 기억 속에서 사라진 뒤였다.

인간이란 기억하고 싶은 것만 기억하는 선택적 지각의 동물이다. 유리의 기억 속에서 정상적인 미역국의 모습 역시 선택적으로 말끔히 사라진 뒤였다.

유리라는 인간에 한정하여 논하자면 그녀는 단순한 사람이었다. 어지러운 것이 싫어 청소와 정리정돈을 좋아하는 유리의 간결한 문장은 교정지에서 큰 힘을 발휘했다. 첫 연애가 결혼까지 이어졌고 친구는 케이를 제외하고 5명을 넘지 않았다. 단순한 그녀에게 주방에서 쓰이는 불이란 가스레인지 불, 그중 가장 센 불 뿐이었다. 약불을 모르는 유리의 손 안에서 미역국은 빠르게 졸아들었다.

그리하여 생일을 2시간 앞두고 퇴근한 유리의 남편이 신혼집에 들어왔을 때, 집 안 가득한 탄내와 함께 식탁에서 웅크리고 있는 유리를 발견하고 깜짝 놀랐다. 검푸른빛의 무언가가 담긴 국그릇과 숯이 올라간 접시를 보고 더 놀랐다.

"자기 설마…, 지금 요리를 한 거야?"

대답이 없어 얼굴을 들여다보니 유리의 두 눈에 눈물이 그득했다.

"너무너무 미안해. 못 먹게 된 재료들한테 미안하고, 여보 생일상 망쳐서 미안하고, 좋은 아내가 못 된 것 같아서 미안하고…."

원래는 불고기였던 접시의 숯과 녹조 가득한 강물처럼 변해버린 미역국을 바라보며 그는 최초의 당황스러움이 사라지고 서서히 웃음이 차오르는 것을 느꼈다. 유리의 얼굴을 본 그는 웃음을 억눌렀다.

유리는 흐느끼며 그에게 말했다.

"나는 열심히 애써서 최선을 다 했는데, 내가 애쓴 과정은 보이지도 않고, 다 망쳐버린 결과만 보여줄 수밖에 없고…."

그는 유리를 끌어안았다.

"괜찮아, 노력한 거 다 알아."

"완벽한 미역국을 꼭 내 손으로 완성하고 싶었는데…."

"세상에 완벽한 게 어디 있어? 이렇게 날 위해 노력한 것만으로도 나는 진심으로 고마워."

그는 유리의 눈물을 닦아주었다. 유리는 유일하게 살아남은 그의 생일 케이크에 초를 꽂았다. 초록빛의 죽이 된 미역국은 남편의 제안대로 정화수 그릇이 되어 불을 붙인 케이크 앞에 놓였다. 그들은 늦은 밤 케이크를 나눠 먹고 미역국 앞에서 두 손을 모아 소원을 빌었다. 밤새 많은 이야기를 나누었다.

그날 이후 유리가 가지고 있던 '아내의 도리'는 불태워지고 새로이 '유리의 도리'가 탄생했다.

유리의 도리 제1장 1절, 자신이 가장 잘할 수 있는 일에 최선을 다한다.

크로스핏 독서 수업

1. 크로스핏

인간은 날개가 필요하다. 나는 날 수 있다는 믿음을 버린 적
이 없다. 그 믿음은 창고에 처박힌 보자기를 꺼내 목에 두르
고 옥상에 올라 한 팔을 치켜든 채 '나는 슈퍼맨이다!'를 외치
며 뛰어내리는 장난과 질적으로 다르다. 일단 뛰어내릴 옥상
이 없었다. 오랫동안 우리집은 반지하 전셋집이었다. 지하에
서 지상으로, 신축 아파트 5층까지 가족들을 끌어올리는 과업
에 성공한 아버지는 이것으로 자신의 임무를 다했다며 가벼
운 발걸음으로 동네 뒷산들을 하나둘 정복하기 시작하셨다.

아버지가 하는 일이라면 젓가락질 하나까지 따라하는 어머니는 아버지 옆에 꼭 붙어 산과 나무와 꽃들의 사진을 메신저 프로필에 밀어 넣었다. 내가 받을 수 있는 모든 교육의 기회를 소진할 즈음 우리집의 높이는 5층 이상 더 오르지 않았다. 화장실에 쪼그리고 앉아 손수 등산화를 빼는 아버지를 바라보며 나는 아버지가 지나치게 소심하다는 생각을 했다.

지금, 땅에서 내 몸을 조금이라도 더 끌어올리려 안간힘을 다하는 내게 5층 높이까지 떠오르신 아버지란 위대한 가장이자 경제 불황의 시대에 정년퇴직까지 버텨내신 영웅이다. 물론 내 발은 바닥과 떨어져 있다. 풀쩍 뛰어올라 머리 위 철봉을 두 손으로 붙잡으면 몸이 조금 뜬다. 여기서 더 높이 올라가고 싶다면 두 팔과 어깨와 등의 힘을 끌어모아 풀업 바pull-up bar 가까이 몸을 끌어올려야 한다. 이론은 완벽하다. 완벽하지 않은 건 나의 유약한 근력이다. 근력이 부족한 내 몸은 중력에 복종한다.

"올라가기 힘들죠? 남성 회원 분들 중에도 크로스핏crossfit 처음 하시는 분들은 학교 체육시간 떠올리며 무턱대고 맨몸 풀업pull-up을 하려다 당황하시는 분들 많죠."

문 코치의 말에 내 옆에서 턱걸이를 해보려 애쓰던 남자 회원 두엇이 바닥으로 내려오며 멋쩍은 웃음을 지었다.

10명 가량의 회원들이 풀업 스테이션에서 턱걸이 연습을 하다 코치 주위로 다시 모였다. 문 코치는 한 명을 지목하여 풀업 바에 매달리게 시킨 뒤 설명을 계속했다.

"크로스핏에서는 기본 근력을 기를 수 있는 스트릭트 풀업strict pull-up도 물론 중요시하지만, 퍼포먼스의 효율 면에서 키핑keeping 동작을 강조합니다."

코치의 설명에 맞춰 시범을 보이기 위해 나온 회원 한 명이 풀업 바에 매달려 몸을 앞뒤로 두어 번 흔들었다. 몸이 초승달과 그믐달 모양을 번갈아가며 만들다 그믐달이 된 순간 누가 뒤에서 찬 것처럼 엉덩이가 튕겨 올라가더니 순식간에 턱이 바에 닿았다.

"하체의 반동을 이용하여 몸을 위로 올리는 동작, 이게 키핑입니다. 키핑을 쓴 풀업이 키핑 풀업이고요."

키핑 동작의 원리를 설명한 뒤 문 코치는 3인 1조로 나누어 키핑 연습을 시켰다. 내가 속한 조는 이 박스에 다닌 지 세 달 이내의 회원들이었다.

"제가 먼저 할까요?"

"그럼 제가 옆에서 도와드릴게요."

"몸을 더 내밀어야 해요."

"엉덩이를 더 세게 차, 챗!"

"아이고, 역시 세상에서 내 몸이 제일 무겁죠."

놀이기구 타듯 순서대로 한 명씩 바에 매달리면 나머지 사람들은 옆에서 응원하고 충고하고 안타까워했다. 나비처럼 팔랑팔랑, 나뭇잎처럼 살랑살랑, 세 번의 날갯짓 끝에 도약을 시도하지만 내 턱이 목표지점에 닿으려면 어림도 없다. 몸으로 초승달과 그믐달을 구현하기에 내 코어 근력은 형편없고, 엉덩이의 반동으로 상체를 끌어올리는 타이밍 잡기가 쉽지 않다. 두어 번의 키핑 연습에 의기소침해진 내 눈으로 키핑 풀업을 5개 연속으로 수행하는 은의 모습이 날아들었다. 1년 이상 박스에서 운동을 한 회원들이 키핑 풀업을 하는 모습은 너무나 가볍고 쉬워 보였다. 본인 몸이 가장 무겁다며 한탄하던 회원 한 분이 은에게 말을 걸었다.

"아이고, 이런 걸 어떻게 저렇게 해?"

불필요한 동작 없이 턱걸이를 한 은은 바닥으로 내려오며 우리를 향해 미소 지었다. 몸의 몇몇 부분을 잘라내고 싶은 내 눈에 은은 군더더기가 없는 단단한 몸을 갖고 있었다. 나는 진지하게 은에게 키핑 풀업을 성공할 수 있는 방법을 물었다.

"그거야 당연히,"

은의 대답은 문 코치의 외침으로 단칼에 잘려나갔다.

"자, 이제 물 드실 분 드시고 본인 자리 잡으세요, 오늘 와드WOD는 풀업 10개, 스쿼트squat 20개, 싯업sit-up 30개 총 6라운드, 1분 뒤 와드 시작합니다!"

은은 나중에 얘기하자며 물통을 들고 정수기 쪽으로 향했다. 나는 내 레벨에 맞춰 풀업 바에 걸 턱걸이 보조 밴드를 찾아 나섰다.

2. 독서

"쌤."

"그래."

"어떻게 하면 책을 많이 읽을 수 있어요···."

아이의 말끝은 힘없이 늘어졌지만 어떻게, 라는 단어에 질문이라는 것을 알아차리고 고개를 들었다. 아이가 첨삭해 달라며 내민 독후감을 한참 동안 읽던 중이었다.

"많이 읽으면 돼."

"쌤, 농담 아니에요."

"나도 농담 아닌데."

수업 종이 치기까지 2분 정도의 시간이 남았다. 학교 도서관의 자그마한 열람실이 학생들로 가득 찼다. 아이들 중 반은 자동적으로 만화책이 모여 있는 서가로 달려가고, 나머지 반은 기다란 열람실 책상에 앉아 게임에서 가장 강한 캐릭터가 누구인지, 어제 음악 방송에 나온 아이돌의 컴백 무대가 어땠는지 활발히 의견 교환을 하고 있다. 소수의 아이들이 책을 읽거나 독후감을 쓰며 독서 수업이 시작되기를 기다린다. 내게 매번 독후감 검사를 요청하는 김 군과 같은 제3의 학생들은 쉬는 시간마다 빼곡하게 쓴 독서 노트를 내밀었다. 독후감 아래 형식적으로 사인을 하고 나는 진지하게 답했다.

"독서에 지름길은 없어. 정석만 있지. 많이 읽을수록 책을 읽는 능력이 생겨 더 많은 책을 읽을 수 있어."

의심이 가득한 김 군의 얼굴을 바라보며 나는 운동과 근육을 비유로 들어 설명했다. 다리에 근육이 하나도 없다면 뛰기는커녕 제대로 걷지조차 못할 것이다. 그런 사람이 오래 걷거나 달리기를 하려면? 자주 걷고 많이 걷는 훈련을 통해 다리에 근육을 키워야 한다. 독서도 마찬가지다. 많이 읽고 오래 읽을 수 있으려면 최대한 다양한 책들을 자주 접하면서 독서에 필요한 근육을 키워야 한다.

"근데 왜 갑자기 이런 걸 묻니? 넌 지금도 잘하고 있는데."

독서 노트를 돌려받으며 김 군은 진지하게 답했다.

"과학고 입시에 독서 활동도 중요하다고 학원 쌤이 말하셔서요."

고등학교 가는데 시험이 있나? 하고 말하려던 내 입을 냉철한 나의 이성이 가로막았다. 고교 입시에 대해 아는 것 없는 멍청한 선생님으로 찍히면 교사로서의 권위가 흔들릴 수 있다는 판단에 의거해 나는 네가 고생이 많겠다는 의미의 인자한 미소를 지어 보였다. 김 군은 씩 웃으며 자리로 돌아갔다.

나는 도서관 이곳저곳에 흩어진 아이들을 잡아다 자리에 앉혔다. 반마다 일주일에 한 시간씩 들어 있는 독서 시간, 1학년부터 3학년까지 20개 반으로, 도서관에서 진행되는 총 20시간의 수업은 단순했다. 학생들이 지정된 이달의 책 한 권을 읽으면 월말에 독서 퀴즈나 독서 논술을 본 뒤 그 결과를 수행평가에 반영한다. 내가 별도로 수업할 내용은 없다. 하지만 오늘은 김 군에게 설명했던 내용이 마음에 들어 아이들이 자리에 앉자 '독서 근육'의 중요성을 강의하기 시작했다. 20명이 얼굴을 마주보며 앉을 수 있는 열람실 책상은 학생들이 서로를 바라보며 수다를 떨기 적합한 공간이다. 도서관 안은 곧 아이들이 오늘 급식에 치즈불닭이 나오는지 돼지갈비가 나오는지 토론하는 소리로 왁자지껄했다. 사서 선생님은 모니터에서 눈을 떼고 자리에서 일어나 아이들과 나를 번갈아 바라보았다.

결국 나는 설명을 중단하고 소리를 질렀다.

"야! 이제 조용히 하고 책 읽어!"

중학생들이 모인 교실이란 소나기가 내리는 바깥 풍경과 같아서, 그 소란을 잠재우려면 창문을 하나하나 닫아 바깥과 차단해야 한다.

조용히 하고-이번 달《어린 왕자》한 권씩 가져가고-화장실 가는 거 안 돼-참아-거기 일어나지 마-너는 엎드리지 마-이번에는 독서 논술 볼 거야-'수행평가 반영!'이라고 몇 번을 설명했잖니-입 다물고 책 읽어!

간신히 모든 창문이 닫히고 도서관에 고요가 찾아왔다. 기다렸다는 듯이 창밖으로 진짜 가을 소나기가 쏟아지기 시작했다.

3. 크로스핏 수업

창이 없는 지하 1층 '엘리 크로스핏 박스'에 들어서자 후끈한 열기와 함께 둔탁한 진동이 느껴졌다. 앞 시간대 와드가 한창이었다. 계단으로 내려가 입구에 들어서면 거대한 검은색의 상자 같은 박스 내부가 한눈에 들어온다. 입구와 카운터와 탈의실과 사물함까지 한 면, 공사장의 철골 뼈대 같은 풀업 스테이션이 한 면, 바벨barbell과 덤벨dumbbell, 플레이트plate, 로잉 머신rowing machine 등 각종 운동 장비가 차곡차곡 쌓여 있는 한 면, 커다란 칠판과 스톱워치가 부착된 나머지 벽까지 사면을 이루어 가운데 운동 공간을 네모나게 둘러싸고 있다. 지금 박스 한가운데서 6명의 회원들이 두툼한 플레이트를 양쪽에 끼운 바벨과 싸우며 땀을 흘리고 있었다. 카운터에서 회원 카드를 찍는 소리에 문 코치가 나를 보고 손을 흔들었다.

음악 소리와 거친 숨소리와 묵직한 바벨이 바닥을 때리는 소리가 뒤엉켜 박스 안은 태풍이 몰아치는 것 같았다. 사물함에서 운동화를 꺼내고 있던 내게 다가온 난 씨의 목소리를 제대로 듣지 못한 건 그 때문이었다. 내가 인사만 하고 탈의실에 들어가려 하자 난 씨가 소리쳤다.

"네?"

"…니까, 항상 조심하라구요!"

난 씨의 말은 운동 중인 회원 한 명의 비명 소리에 삼켜졌다. 나는 조금 뒤에 다시 얘기하자는 의미로 손을 흔든 뒤 재빨리 탈의실에 들어갔다. 이미 운동복으로 갈아입고 머리를 묶던 은이 나를 보고 미소를 지었다.

가방에서 옷을 꺼내며 나는 물었다.

"혹시 난 씨에게 무슨 일 있어?"

"글쎄."

"나보고 조심하라고 하는 것 같았는데."

"조심히 운동하라? 한 달 만에 박스에 나오셨으니까."

은과 함께 탈의실에서 나오자 음악 소리는 줄어들고 정해진 개수를 모두 끝낸 회원들은 본인들이 썼던 운동 기구들을 정리하고 있었다. 풀업 바에 대롱대롱 매달려 있던 난 씨가 큰 소리로 인사했다.

"오랜만인데, 잘 지내셨죠?"

"몸은 이제 좀 괜찮으신지."

은이 안부를 묻자 난 씨가 진지한 얼굴로 말했다.

"제 허리가 완벽하진 않지만 무사히 돌아왔습니다."

난 씨는 한 달 전 데드리프트deadlift를 하다 양쪽 플레이트의 무게를 잘못 끼우는 실수 하나로 허리가 나갔다. 난 씨는 운동을 쉬는 동안 물리치료와 침과 뜸과 도수치료까지 허리를 복구하는 기나긴 여정을 떠났다며 풀업 바에 매달린 채로 자세히 설명했다. 난 씨의 장황한 설명을 어디쯤에서 끊어야 하나 틈을 노렸다. 은이 자연스럽게 난 씨의 관심을 현재로 유도했다.

"오늘 잘못하면 허리가 다시 도망갈 수도 있겠는데요?"

은이 난 씨를 바에서 떼어내 오늘의 와드가 적힌 칠판 쪽으로 데려가고 나는 난 씨 대신 풀업 바에 매달렸다. 까슬까슬한 철봉의 감촉은 나를 받아들이기보다 밀어내는 것 같았다. 마음 편히 상상하자, 나는 깃발이다, 바람에 휘날리는 깃발처럼 가볍게, 나는 날아오른다, 위로!

있는 힘껏 엉덩이를 위로 튕겼다고 생각했지만 나의 몸은 스스로를 바닥에 내동댕이친다.

바닥에서 올려다본 철봉은 한없이 높아 보였다. 철봉에 쓸린 두 손바닥이 얼얼했다. 조금만 더 몸을 쓰는 요령만 제대로 익히면 성공할 수 있을 것 같은데. 내 쪽으로 다가오는 은에게 나는 이전에 하려다 만 질문을 던졌다.

"어떻게 키핑 풀업을 잘할 수 있지?"

나를 엘리 크로스핏 박스로 인도한 은은 나의 질문에 간단히 답했다.

"스트릭트로 맨몸 풀업을 많이 하면 돼."

답변과 동시에 홀쩍 뛰어올라 풀업 바를 잡은 은은 반동 없이 순수한 본인의 근력으로 풀업 한 개를 한 뒤, 이어 키핑으로 몸을 차올리며 턱걸이를 서너 개 연속으로 했다. 나는 지난번 문 코치가 수업 중에 했던 설명을 떠올렸다.

"여자는 스트릭트가 안 돼도 키핑만 잘해내면 풀업이 된다고…."

"어깨 유연성이 상대적으로 좋으니까. 그 말은 키핑 동작이 어깨에 큰 부담을 준다는 거지. 기본 근력 없이 어설프게 성공하는 건 의미 없다고 봐. 상체 근력을 길러."

나를 바라보는 은의 얼굴은 진지했고 그 진지함에 지루함을 느낀 나는 대충 고개를 끄덕였다. 지금 내게 필요한 건 이론이 아니었다. 성공이냐 실패냐 둘 중 하나일 뿐. 난 씨가 다가왔다.

"돌아오는 날이 장날이라고, 오자마자 데드리프트군요."

때맞춰 수업을 시작한다는 문 코치의 목소리에 기다리던 회원들이 박스 가운데로 모여들었다. 한 시간 간격으로 운영되는 크로스핏 수업은 코치 주도 하에 스트레칭과 몸을 데우는 준비 운동부터 시작한다. 운동은 매일 다른 프로그램으로 진행되며, 오늘의 운동work of day을 줄여서 와드라 부른다. 오늘 와드는 데드리프트를 10개 한 뒤 버피burpee를 20개, 이 두 개 동작을 묶어 1라운드로 총 5라운드를 수행하는 것이다. 준비 운동이 끝나고 문 코치는 회원들에게 바벨을 하나씩 가져오게 한 뒤 데드리프트 동작을 어떻게 하는지 자세히 설명하고 연습을 시킨다.

"데드리프트는 지면에서 물체를 들어 올릴 때 취할 수 있는 가장 안전한 동작으로 바벨로 수행하는 역도 동작의 기본이자 일상에서 가구 옮길 때라도 응용할 수 있으며 자세는 골반 넓이로 다리 넓이를 잡고 손은 팔이 다리에 걸리지 않게 바벨을 잡고, 허리! 허리가 굽어지면 저 회원처럼 운동 못 나옵니다! 1년 넘게 운동한 사람도 허리 다치는 거 한순간이니까 무릎 모이지 않게 밖으로 가슴 빡 펴고 배 힘 빡 주고 바가 몸에서 떨어지면 안 됩니다. 천천히 일정한 속도 유지하면서 시선 정면! 허리 유지! 이게 바로 데드리프트라는 동작입니다. 지금부터 5분 동안 연습하면서 자신에게 맞는 무게로 플레이트를 끼우면 됩니다."

바벨에 끼울 플레이트를 가지러 가면서 난 씨가 가장 얇은 플레이트를 쟁반마냥 챙겨가는 모습에 난 씨와 함께 엘리 박스를 1년 동안 다녔다는 회원이 크게 소리쳤다.

"그걸 누구 코에 붙인다고 가져가나!"

"허리 나가는 건 한순간, 운동 쉬는 건 한동안."

데드리프트를 할 무게를 맞춘 뒤 버피 동작을 배우면서 난 씨의 입은 쉬지 않았다.

"무작정 무게만 높게 들어 올리면 멋있다고 생각했지, 내가 들 무게 확인도 제대로 안 하다 허리 아웃되고, 세면대에서 세수를 하려 해도 허리가 쓰이는데, 모든 일에는 역시 순서가 있고 운동엔 기본이 기본이어야 하고."

허리를 고치기 위해 사람 하나 없는 요양 병원에 감금이라도 됐던 건지 난 씨의 수다는 넘쳐흐르다 못해 회원들 모두 익사 직전까지 몰아쳤다. 결국 문 코치가 할 얘기가 그리 많으면 차라리 책을 쓰라는 고함 소리에 난 씨의 대하소설은 마무리되었다. 모두 웃음을 터뜨렸다.

와드 시작 전, 내가 세팅한 바벨을 본 문 코치가 너무 가볍지 않나 하며 중얼거렸다.

"회원님 수준에 그 정도 무게로는 운동이 안 될 것 같은데…."

내 대답과 동시에 시작을 알리는 스톱워치의 알람 소리가 울려 퍼졌다.

"데드리프트는 지금 제게 중요하지 않으니까요."

4. 독서 수업

살면서 해야 하는 것과 하고 싶은 것 중, 어떤 쪽이 날개와 어울리는가?

나는 후자라고 생각했다.

5년 만에 겨우 학위증을 손에 쥐고 학교에서 뛰쳐나온 대학 졸업생이 활개 치고 다닐 하늘은 많지 않았다. 2년간 논술 강사 일과 습관처럼 준비했던 9급 공무원 시험은 무게를 다르게 끼운 바벨처럼 제대로 들어 올리기 힘들었다. 27살을 한 시간 앞두고 책상에 앉아 다이어리에 '내가 좋아하는 것'을 목록으로 만들었다. 1위가 책 읽기였다.

그날부터 독서와 관련된 일을 찾아 나섰다. 독서 지도사 자격증을 알아보고 대형 서점 북마스터 자리에 지원하기도 했다. 그러다 집에서 멀지 않은 중학교에서 독서 수업을 담당하는 시간강사 일을 시작했다. 학생들이 책을 읽는 동안 나 역시 자유롭게 독서할 시간이 주어졌다. 좋아하는 일로 경력을 쌓다 보면 하늘 끝까지는 아니어도 어떤 높이 이상의 단계로 도약할 수 있겠다는 어렴풋한 기대감이 생겼다. 적어도 아파트 5층 높이까지는.

도서관, 학생들은 책을 읽고 있다. 아이들은 읽어야 할 책을 읽지 않고 읽고 싶은 책을 읽는다. 다음 주면 《어린 왕자》 수행평가가 시작된다는 경고로 수업을 시작했지만, 대부분 판타지나 추리 소설, 《먼나라 이웃나라》나 《식객》 같은 도서관에 구비된 만화책을 가져와 옆에 몇 권씩 쌓아놓고 열심히 읽는다. 한 아이는《한국의 밥상》이라는 커다란 요리책을 용케 찾아내서는 이것도 책이라고 큰소리치고 음식 사진을 감상하다 5분 만에 잠들었다.

나는 이 모든 것을 받아들였다. 책의 형태를 가진 것이라면 무엇이든 손에 들고 자리에 앉아 읽는 시늉이라도 하면 절반은 성공한 독서 수업이라고 생각하니까. 펼쳐놓은 책이란 두 날개를 펼친 새와 같아서 그걸 읽는 사람은 어디로든 날아오를 수 있는 것이다.

흐뭇한 마음으로 독서 논술 문제를 검토하던 중 누군가 내 어깨를 톡톡 두드렸다. 교감 선생님이 잠시 들렀다며 갑자기 도서관을 한 바퀴 둘러보기 시작했다. 아이들이 무슨 책을 읽는지 살피던 교감 선생님의 표정이 심상치 않았다. 나는 요리책을 보던 아이를 급하게 깨웠다. 김치찌개 사진 위로 침이 흥건했다. 긴 책상을 빙 돌아본 교감 선생님은 내게 말했다.

"분위기가 조용은 한데, 책들을 잘 안 읽네?"

나는 미소를 지으며 대답했다.

"도서관에 비치된 책이면 다 의미가 있습니다."

흠, 목을 가다듬은 교감 선생님은 잠깐 밖에서 이야기를 좀 하자며 불러냈다. 사서 선생님께 양해를 구하고 도서관 밖으로 나갔다. 곧 점심시간이라 복도에 급식 냄새가 은은하게 퍼지고 있었다. 교감은 올해 독서 수업에 강사를 따로 뽑은 일이 처음이라며, 자신이 많이 신경을 써주지 못한 것 같다고 말했다.

"내가 생각한 거와 독서 수업이 다르게 진행되는 거 같아서 그러는데, 아이들 입시에 독서가 중요한 건 알고 있습니까?"

"독서활동상황 말씀이시죠? 잘 알고 있습니다."

출근 첫날 나를 채용한 부장 선생님이 날 불러 독서 수업 시 해야 할 일을 두 가지 알려주었다. 지정된 도서를 읽게 하고 수행평가를 할 것, 그리고 아이들이 읽은 책 목록을 반드시 기록하게 할 것. 학기말에 작성되는 생활기록부에서 독서활동상황이라는 항목 아래 학생들의 독서 기록을 남길 필요가 있기 때문이라며 부장 선생님은 거듭 강조했다. 나는 교감 선생님께 아이들이 다 읽은 책 정보를 독서 노트에 반드시 기록하게 시킨다며 안심시켰다.

교감 선생님의 표정은 풀리지 않았다.

"아니, 만화책만 보고 있는 걸? 만화를 생기부에 쓰면 어떡합니까? 요리책 보는 애는 또 뭐고? 애들 관리가 제대로 되고 있는 거 맞습니까?"

내가 대답할 찰나 수업 종료를 알리는 종이 치고 기다렸다는 듯 학생들이 도서관 문을 박차고 달려 나왔다. 기겁한 교감 선생님이 복도에서 뛰지 말라고 소리를 지르고 나는 수업 뒷정리를 핑계로 도서관으로 들어갔다. 김 군과 몇몇 학생들이 책상에 널브러진 책들을 주섬주섬 정리하고 있었다.

"너희들 독서 목록 정리 잘하고 있지?"

아이들은 쾌활하게 '네!' 하고 답했다. 한 학생이 내게 물었다.

"근데 진짜 제가 읽은 책이면 다 써도 되는 거예요?"

나는 고개를 끄덕였다.

"안 읽은 책을 읽었다고 하는 거짓말만 아니면 되지."

독서 목록이란 크로스핏에서의 개인 기록과 같다. 그날 와드를 끝낸 사람은 칠판에 자신의 이름과 함께 기록을 적는다. 박스 점프box jump를 몇 개나 했는지, 혹은 1킬로미터 달리기를 얼마나 빠르게 끝냈는지 쓴다. 남들보다 잘하는 것처럼 보이고 싶어서 기록을 실제와 다르게 쓰다가 망신당한 회원이 있었다고 은이 말한 적 있었다. 독서도 운동도 정직해야 진짜 자신의 것이 된다.

뻔한 생각에 나는 웃었다. 김 군이 내 얼굴을 빤히 쳐다보았다.

5. 크로스핏

독서 강사가 내 스스로 선택한 날개 한 쪽이라면, 크로스핏은 은이 나를 대신해 골라준 나머지 날개다. 은과 나는 1년 전부터 매달 참여하던 독서 모임에서 처음 만났다. 그날은 자신이 좋아하는 하루키의 책을 가지고 와서 소개하는 것이 모임 주제였다. 나와 은은 동시에 《달리기를 말할 때 내가 하고 싶은 이야기》를 골라 왔고 급격히 가까워졌다. 독서 모임이 흐지부지 사라진 뒤에도 우리는 가끔씩 만났다.

은은 독서가 취미인 사람이라면 운동을 싫어하리라는 고정관념을 혐오했다.

"말이 나온 김에, 내가 요즘 하는 운동이 있는데 같이 할래? 크로스핏이라고."

"새로 나온 운동복 이름 같다."

"언젠가부터 운동이 몹시 재미있어졌어. 크로스핏을 시작하면서."

내게 크로스핏에 대해 설명하면서 은은 하루키의 에세이를 인용했다. 사람들이 철인 3종 경기나 풀코스 마라톤 같은 힘든 스포츠에 도전하는 이유는 고통을 통과하며 삶을 실감하기 위해서일지도 모른다고, 자신은 이 운동에서 살아 있다는 느낌을 받았다고. 호기심이 생겨 은을 따라 엘리 크로스 핏 박스 일일 무료 체험을 하러 갔다. 그날 와드는 신디^{cindy} 라는 여자 이름이 붙은 운동으로 종목에 풀업이 있었다. 풀 업 바에서 거침없이 날아오르는 은의 모습에 반해 그날 3개 월치 회원권을 끊었다.

크로스핏 정식 지부에 등록된 체육관을 박스라고 부르는 데, 이름처럼 지하 1층으로 내려가 문을 열면 거대한 검은 색 박스 안으로 들어서는 느낌이었다. 그 상자 안에 오늘은 어떤 운동이 있을지 직접 열어보기 전까지 알 수 없다. 운동 의 이름은 영어로 표기되어 처음에는 낯설었다. 코치의 설명 을 듣고 나면 다 아는 것들이었다. 푸시업^{push-up}은 학생 때 신체검사 날이면 남학생들이 교실 바닥에 엎드려 열중하던 팔 굽혀 펴기고, 스쿼트는 방송에서 다리 살 빼는 운동으로 심심찮게 소개되는 앉았다 일어서기, 클린^{clean}이나 스내치 ^{snatch}같은 용어들은 올림픽 중계방송에서 알게 되는 역도의 용상^{聳上}과 인상^{引上} 종목의 다른 이름이었다.

설명은 쉽고 실천은 고통스럽다. 은의 말대로 와드 수행 중에 삶과 죽음 사이를 몇 번이고 왕복하니 살아 있다는 느 낌을 온몸으로 받았다. 후들거리는 팔과 다리, 바닥으로 뚝 뚝 떨어지는 땀방울, 내가 숨을 이렇게 빨리 쉬는 사람이었나? 내가 소리를 지르네? 내가 왜 돈을 내고 이 고생을 하는 거지? 마지막 하나, 남은 시간 10초, 문 코치가 끝까지 하라며 소리를 지른다. 온몸을 비틀고 쥐어짜는 와드가 끝나면 몸이 저절로 바닥에 눕는다. 무엇인가가 방금 나를 통과하여 지나갔다. 은은 바로 그 시원한 기분이 살아 있는 느낌이라고 설명했다.

"그래…, 생생하게 느껴지긴 해…. 나한테도 팔과 다리와 폐가 있었구나…."

바닥에 드러누운 채로 숨을 헐떡이며 나는 간신히 말했다. 내 옆에 나란히 쓰러진 난 씨가 동의했다.

"여기에 시원하게 샤워 후 시원한 맥주 한 잔을 마시면 생이 완결되는 것이죠."

은이 벌떡 일어났다.

"완결되면 끝나는 거 아닌가요."

"영원회귀, 완결 후 처음부터 다시 시작하는 것입니다. 와드할 땐 다신 이런 거 안 한다고 힘들어하다가도 와드 끝난 뒤 그 해방감에 고통스러웠던 기억을 까먹고 또 다시 와드를 하는 그런 순환으로 빙글빙글…."

난 씨의 장광설을 끊으며 나는 자리에서 일어났다. 그렇게 3개월, 곧 내 회원권이 만료될 시기가 다가오고 아직까지 내 몸은 풀업을 익히지 못했다. 나는 마음속으로 외친다. 내 크로스핏의 완결은 키핑 풀업의 성공이야. 이 상자 속에서 내가 마지막으로 꺼내야 할 그것. 육체적인 도약.

그리고 나는 추락했다.

6. 크로스핏 독서 수업

해가 바뀌고 몇 달 만에 난 씨와 우연히 다시 만난 곳은 우리 동네 구립 도서관이었다. 도서관 게시판에 걸린 '이달의 강연' 안내문을 무심코 읽다 난 씨의 이름을 발견한 것이었다. 동명이인이라기엔 특이한 이름이었고 무엇보다 그 옆에 난 씨의 사진이 큼지막하게 실려 있었다. 강연 날짜는 바로 오늘이라는 사실을 인지한 순간 누군가 내 어깨를 톡톡 두드렸다.

"오랜만인데, 잘 지내셨죠?"

마치 어제도 만났던 사람처럼 자연스러운 인사에 나도 모르게 웃음이 났다.

도서관 3층의 야외 휴게실에서 자판기 커피 한 잔씩 손에 들고 벤치에 나란히 앉았다. 여름이 곧 시작되겠지만 아직까지 바람은 뜨겁다기보다 따뜻했다. 난 씨는 내가 겨울이 본격적으로 찾아왔을 때쯤 엘리 크로스핏 박스에 발길을 끊은 이유를 묻지 않았다. 대신 박스의 근황을 성실하게 난 씨의 방식대로 늘어놓았다. 장장 30분이 넘는 이야기 속에서 내 흥미를 끈 건 엘리자베스라는 이름의 블랙 리트리버가 박스에 입양되어 온 것, 그리고 은의 소식이었다.

"유학을 떠났다고요?"

난 씨는 나와 은이 지금까지 연락하지 않고 지냈다는 사실에도 개의치 않아 했다.

"미국에서 영문학 공부를 하면서 크로스핏 자격증도 따고 오겠답니다. 은 씨가 영어를 꽤 좋아해서 번역 일을 하고 싶다면서 영어 공부 겸 영어만큼이나 좋아하는 크로스핏을 본국에서 열심히 해서 트레이너 자격증을 따는 것이…."

"그건 한국에서도 충분히 할 수 있는 거 아닌가요?"

난 씨는 내가 말을 갑자기 끊어도 결코 짜증내지 않았다.

"새로운, 본국에서 도전하고 싶다고 말했지요. 그러니까, 기본을 튼튼히 하고 싶다고, 미국에서 영어 공부에 크로스핏에 분명 고생은 하겠지만, 고생하는 과정 자체로도 의미가 있지 않냐, 하면서. 대단한 사람이지요."

나는 멍하니 난 씨의 수다를 흘려들었다. 난 씨가 내 이름을 부르는 것도 조금 늦게 알아차렸다.

"몸은 이제 좀 괜찮으신가요."

"뭐가요?"

"다치셨잖아요, 그때."

작년 가을 나는 매일 키핑 풀업을 연습했고 결정적인 순간, 내 어깨가 한순간에 나갔다. 그날은 박스에 은도 난 씨도 없었고 문 코치는 수업 중이었다. 나를 제외한 모든 회원들이 문 코치의 지시에 따라 스트레칭을 하고 있었다. 그날따라 내 몸이 가볍게 느껴졌다. 오늘이 그날이다, 드디어 맨몸으로 도약할 수 있다고 생각했다. 키핑을 시도할 때마다 격하게 삐걱거리던 풀업 스테이션, 하나-둘-셋-넷 스트레칭 구호를 붙이는 문 코치의 목소리, 조금만 더 하면 턱에 닿을 것만 같던 바, 추락은 순식간이었고 내 비명 소리에 회원들이 모두 뒤돌아 나를 바라보았다.

"괜찮아요?"

"손에서 피 나는데."

"떨어진 게 더 큰 거 아냐?"

사람들이 나를 둘러싸고 웅성거렸다. 문 코치가 다가와 이것저것 묻더니 내게 양팔을 머리 위로 들어 올리라고 시켰다. 오른쪽 어깨에서 찢어지는 것 같은 통증이 느껴졌다.

"지금 당장 병원 갑시다. 어깨 나간 것 같네요."

풀업 바에 쓸려 피투성이가 된 손바닥을 씻을 틈도 없이 나는 옷도 갈아입지 못하고 가까운 정형외과로 끌려갔고 무리한 어깨 사용으로 인한 회전근개 파열 진단을 받았다. 회복은 더뎠고 나는 그때 사람들이 나를 바라보던 기억에 몸서리치며 박스 재등록을 하지 않았다.

"부끄러운 기억 때문에 오질 못했다, 흠."

난 씨가 팔짱을 꼈다. 나는 계속해서 말했다.

"예전부터 저는 날고 싶다고 생각했어요."

육체적으로, 그리고 직업적으로. 육체적인 상승은 오른쪽 어깨가 나가버려 실패했다. 어깨를 다친 뒤 내가 맡았던 독서 수업은 학기가 종료되며 끝났다.

"올해 2월에 그 학교에 한 번 찾아갔었어요. 다시 독서 수업 강사를 채용할 것인지 알아볼 겸 인사를 드리러 갔지요. 제가 알던 부장 선생님은 다른 학교로 전근을 가셨고, 교감 선생님은 모호한 답변만 남겨주셨지요. 그때 오늘 난 씨를 우연히 만난 것처럼 김 군이라는, 제가 맡았던 학생과 마주친 거예요. 그 학생은 과학고 진학을 꿈꾸며 가장 성실하게 독서 수업에 임했기에 기억에 남아 말을 걸었지요."

과학고 입학을 축하한다는 내 말에 아이는 나를 보며 웃었다.

"쌤, 저 과학고 떨어졌어요."

"네가 왜?"

"안 읽은 책을 읽었다고 썼다가 딱 걸렸어요."

그러니까 그 아이는 독서활동상황 기록에 자신이 직접 읽지 않고 인터넷을 통해 내용만 대충 아는 과학 전문 책 몇 권을 썼다가 면접관이 책 내용을 자세히 물어보는 바람에 걸린 것이었다. 아이는 면접장에서 당황한 나머지 엉엉 울었다고, 태어나서 그렇게 부끄러웠던 건 처음이라고 내게 말했다.

"그 이야기를 듣는 저 역시 서서히 올라오는 부끄러움에 엉엉 울고 싶었어요. 제가 작년에 해왔던 독서 교육이라는 게 이름만 번지르르한, 형편없는 수업이었다는 사실을 깨달았거든요. 책이란 많이 읽을수록 좋은 거다? 그건 누구나 할 수 있는 말이잖아요. 제 표정을 본 아이가 오히려 저를 위로하며 떠나더군요, 쌤 수업이 제일 재미있었다고. 재밌었다고? 난 한 게 아무것도 없는데. 좋아하는 일을 하면 날아오를 수 있다고 생각했는데, 날갯짓은커녕 제겐 처음부터 날개가 없었더군요."

김이 오르던 종이컵의 커피가 차갑게 식어가도록 나는 난 씨에게 내 실패담을 주절주절 늘어놓았다. 난 씨는 자신의 이야기를 길게 하는 것만큼이나 남의 긴 이야기를 끊지 않고 들어주었다.

고개를 끄덕이며 듣던 난 씨가 입을 열었다.

"그러니까, 날아오른다는 것이요."

"네."

"새는 양 날개가 있으니까 나는 거고."

"네."

"슈퍼맨은 초능력이 있으니까 날 수 있는 거고."

"네."

"열기구는 어떻게 하늘을 나는 걸까요?"

"네?"

난 씨는 올해 초 회사를 그만두고 다녀왔던 터키 여행 이야기를 꺼냈다. 터키 카파도키아에서 유명한 열기구 체험을 하게 되었고, 그때 난 씨가 봤던 수많은 열기구들이 떠오르는 풍경은 어떠한 말로 표현할 수 없는 것이었다고.

"상승과 추락에 대한 이야기를 듣다 보니 그때 그 풍경이 떠올랐어요. 꼭 날개가 있어 양손으로 파닥거려야만 날 수 있는 건 아니잖아요? 불을 품은 거대한 풍선을 한 번 상상해 보세요."

"저도 열기구가 어떤 건지 알아요."

"제 이야기가 어떤 의미인지 아시겠지요?"

난 씨는 싱긋 웃었다. 나도 웃었다. 이 사람은 알면 알수록 내가 아는 사람 중에 가장 이상한 사람이다. 곧 강연이 시작된다며 난 씨는 가방에서 책 한 권을 꺼내 내게 건넸다. 터키 여행을 마친 뒤 예전부터 쓰고 싶었던 책을 썼고, 그게 예상보다 반응이 좋아 강연까지 하게 됐다며 난 씨는 한결같은 목소리로 말했다.

"제가 말하는 걸 정말 좋아한다는 사실은 잘 아시죠? 사람들 앞에서 실컷 이야기를 꺼내놓을 생각을 하니 생각만으로도 기분이 좋아져요."

시간 되면 조금 뒤 강연 들으러 내려오라는 말을 남기고 난 씨는 떠났다. 책은 얇지도 두껍지도 않았다. 심플한 표지에 난 씨의 이름과 함께 제목이 큼지막하게 박혀 있었다. 《크로스핏을 말할 때 내가 하고 싶었던 이야기》. 책을 펼쳐 눈에 들어오는 문장을 읽다 나도 모르게 웃고 말았다.

'몸을 움직이는 일은 세상에서 가장 쉽다. 그 쉬운 걸 어렵고 복잡하게 만드는 것이 크로스핏이다.'

한참을 웃으며 나는 지난가을과 겨울 연이어 날개를 잃어버렸다는 상실감에 나를 쉽게 방치했다는 사실을 깨달았다.

오랜만에 살아 있다는 느낌을 생생하게 받고 싶었다. 숨만 쉬며 살아 있기만 하는 건 세상에서 가장 쉽다. 그 쉬운 일을 복잡하게 만드는 것이 삶이다. 삶이란 와드와 같고 한 번 시작한 와드는 반드시 완료해야 한다. 새로운 와드를 시작하기 위해, 먼저 은에게 연락하기로 결심했다.

그리고 엘리자베스를 보러 가야지.

목천에 당첨되다

"경험은 어쩌다 당첨된 3등 경품과 같아."

도하는 말했었다.

"애매한 성취감을 자극하지만 결정적인 욕망의 충족엔 턱없이 부족하지. 예를 들어 1호선에서 2호선으로 환승하는 가장 빠른 객차 번호, 지하철은 사람이 내린 뒤 탑승해야 한다는 상식, 매일 아침 마시는 캔 커피의 칼로리와 같은 것들, 그리고 목천."

몇 달 뒤 우리는 헤어졌고 나는 목천을 잊으려 했다.

그때의 나는 몰랐다. 내가 목천에 당첨되리라고는. 오늘 아침 김중금 씨가 내게 말을 걸기 전까지. 나보다 앞서 출근

하는 김중금 씨가 평소와 달리 내게 말을 걸 때 나는 새 우
유팩을 뜯고 있었다.

"목천에 가라."

입구가 지나치게 벌어진 우유팩에서 우유가 줄줄 흘러내
렸다. 오늘 입은 검은색 원피스 위로 흰 액체가 노골적으로
흘러내리며 지독한 냄새를 풍겼다.

"이제 너도 가야 할 것 같다. 아직 늦지 않았어."

티슈를 뽑아 우유를 닦아내며 나는 대충 대답했다.

"왜요?"

김중금 씨는 대답 대신 지갑 속 지폐를 몽땅 꺼내 내게 건
넸다.

"이 정도면 충분하겠지."

"왜요?"

김중금 씨의 손이 식탁 위에 돈과 함께 책 한 권을 올려놓
았다. 책 표지를 본 나는 갑작스러운 변화에 말문이 막혀 고
장난 녹음기처럼 같은 말만 반복했다.

"왜요?"

김중금 씨는 자신의 의무는 다했다는 표정으로 오른쪽 옆
구리에 책을 낀 채 현관으로 나섰다. 집에서 회사까지 한 시
간, 회사에서 집까지 한 시간, 달마다 한 권씩 김중금 씨는

일 년 내내 책을 읽는다. 나는 김중금 씨에 대해 아는 게 많지 않다. 그의 이름, 그의 강박증, 그의 독서 습관, 그중에서 집에서 멀리 떠나라고 명령하는 김중금 씨는 없었다. 김중금 씨의 등 뒤에 대고 나는 소리쳤다.

"진심이세요? 나 요즘 기간제 교사로 일하고 있는 건 알아요?"

김중금 씨는 뒤 한 번 돌아보지 않고 집을 나가버렸다. 너덜너덜해진 휴지가 지우개 가루처럼 원피스에 달라붙었다. 어머니가 엉망이 된 내 차림을 발견하고 화장실에서 걸레를 가지고 나와 내 옷을 박박 문지르기 시작했다.

"얼룩 다 지지도 않을 걸, 조심 안 하고!"

얼룩이 지지도, 는 지워지지 않는다는 표현인가, 얼룩이 지다의 실수일까, 나는 무방비한 상태로 내 머릿속을 텅 비웠다. 그 공백을 목천이 차지했다.

그 책.

어머니의 손에서 걸레를 빼앗아 바닥에 던지고 책을 펼쳤다.

'나는 나를 위해 이 책을 썼다. 내가 모르는 것은 없다. 오로지 내가 아는 것만 쓸 것이다.'

첫 문장을 읽자 하나둘 내가 모른다고 생각했던 것들이 내 안에 떠오르기 시작했다. 나는 거실에 서서 멈추지 않고 책을 읽었다. 출근을 재촉하는 어머니의 목소리도, 우유 비린내와 걸레 쉰내가 뒤섞여 역한 냄새를 풍기는 원피스도, 지금 당장 뛰어나가지 않으면 10분 뒤에 출발하는 급행열차를 타지 못한다는 위기의식도, 열차를 놓치면 교감보다 늦게 교무실에 도착하게 되고 학교는 지각을 좋아하지 않는다는 지식도 지금은 내게 전혀 중요하지 않았다.

"교사가 학생보다 늦으면 생활 지도를 어떻게 하려고 태도가 이 꼴이야?"

옷을 갈아입느라 후속 급행열차까지 놓친 나는 결국 아침 조회도 들어가지 못하고 교감의 일장 연설을 들어야 했다. 1교시 시작종이 울릴 때까지 교감은 인간이 시간을 지킨다는 것은 인간성과 큰 관계가 있다며 구구절절 설명했다. 교감이 설교를 시작하면 최대한 경청하는 자세로 듣기만 해야 금방 끝난다. 두 귀는 교감의 말에 열어두고 목천과 김중금 씨를 골똘히 생각하던 내 시야에 헐레벌떡 교무실로 뛰어들어오는 고 선생의 갈색 양복이 잡혔다. 고 선생 특유의 향수 냄새가 교무실에 진동하며 그가 이제 출근했음을 알렸고 교감은 못 본 척하고 설교를 마쳤다.

내가 자리에 앉자 나를 대신해 아침 조회에 들어갔던 옆

자리의 영어 선생이 가정통신문 남은 것을 건넸다.

"고 선생 늦은 거 다 아는 데 모른 척하는 거 진짜 얄밉지 않아요?"

영어 선생의 속삭임에 나는 미소로 답했다. 모르는 번호로 걸려오는 전화에 휴대폰을 무음으로 해놓고 고개를 들었다. 내 자리에서 고 선생이 겉옷을 벗고 땀을 닦으며 컵을 들고 정수기로 향하는 모습이 훤히 보였다. 재빨리 그에게 다가가 언제 시험 문제 원안을 제출할 지 물었다.

"그거 내가 말하지 않았나? 나 요즘 너무 바빠서 김 선생이 문제 만들고 나는 검토 작업한다고."

"제가 문제를 어떻게 다 내요, 지금 2학년 윤리만 원안이 안 나왔어요, 마감일 이틀이나 지났는데."

"아니 그러니까 내가 바쁘니까, 시간이 안 나는데, 응? 사람이 융통성이 없어서야."

울긋불긋한 얼굴에 툭 튀어나온 눈을 데굴데굴 굴리며 말하는 고 선생의 얼굴은 볼 때마다 누군가 악의를 갖고 빚어낸 점토를 떠올리게 했다. 비릿한 향수 냄새에 속이 울렁거려 일단 알겠다고 답하며 자리로 돌아왔다. 영어 선생이 다시 내게 다가왔다.

"고 선생 저러는 거 이 학교 일하면서 10년 넘게 봐왔지,

내가."

"혹시나 문제 내리란 희망을 품은 제가 잘못한 거겠죠?"

"희망 자체가 잘못된 거야."

마침 우리 뒤를 지나가던 역사 선생이 끼어들었다.

"고가 이사장 라인이라는 소문이 사실이야?"

"사촌 조칸가 사원가? 내가 알기론 뭐 있댔는데."

"우리 부장님은 고 선생 사고 칠 때마다 말하잖아요. 그렇게 교장, 교감, 행정실장 할 것 없이 술 마시고 형님 아우 한 덕에 자리 지키고 있다고."

"그건 고가 식탐이 많아서 회식 자리면 죄 껴들어 그런 거 아냐?"

1교시에 수업이 없는 교사들이 하나둘 영어 선생 주변으로 모여들어 수다의 장을 열었다. 나는 조용히 노트북을 열었다. 작년에 유럽 여행을 다녀온 친구가 찍어 보내준 페르난두 페소아의 동상이 바탕화면에 깔려 있었다. 친구는 나를 위해 리스본 곳곳의 페소아가 남긴 흔적을 찾아 사진을 찍어 보냈다. 그가 자주 갔다는 카페들, 그가 살았던 집, 수도원으로 이장된 그의 묘지. 그 모든 것을 내 두 눈으로 직접 보고 싶었다.

리스본에 가겠다는 내 말에 의외로 어머니는 별말이 없었다. 그건 김중금 씨가 텔레비전을 깰 정도로 분노한 탓에 너무 놀라 자신의 의견을 내보일 틈이 없었기 때문일지도 몰랐다. 내 말이 끝나기도 전에 김중금 씨는 손에 든 수백 페이지의 양장본을 집어던졌고 두툼한 책은 종잇장처럼 얇은 새 텔레비전을 손쉽게 두 동강 냈다. 3년 넘게 매달리던 시험을 포기하고 방에 처박혀 페소아의 《불안의 서》만 읽다 간신히 내린 결정을 아버지는 묵살, 아니 박살냈다.

김중금 씨는 말했다. 여행을 간다는 것 자체가 네가 그리 좋아하는 페소아와 정반대되는 짓이다, 그는 죽을 때까지 리스본을 떠나지 않았다고. 나는 김중금 씨에게 내가 원하는 건 여행이 아니라 자유라는 사실을 말하지 않았다.

자유란 고립에의 가능성이다. 만약 네가 다른 인간들과 거리를 유지할 수 있다면, 네가 그들을 가까이 해야만 할 이유가 하나도 없다면, 돈이나 군중심리, 사랑, 명예, 호기심 등 침묵과 고독 속에서는 도저히 살아갈 수 없는 요소들을 갖고 있지 않다면 너는 자유다.

페소아와 달리 나는 자유가 아니었다. 고등학교 2박 3일의 수학여행도 끝끝내 불참시켰던 김중금 씨에게 유럽을 가겠다는 나는 비정상으로 보였을 것이다.

페소아는 자신이 자유롭지 않다는 것을 잘 알고 있었기에 수많은 이명들을 낳고 또 낳아 자유를 향해 질주했고 그래서 나는 페소아를 사랑했다.

또다시 걸려온 전화를 무시하고 가방에서 교과서와 그 책을 나란히 꺼냈다. 일단 고 선생이 내야 할 시험 문제를 대신 만들어야 한다. 선생 무리가 떠나고 머그잔을 들고 자리에서 일어나던 영어 선생이 그 책을 집어 들었다.

"책 많이 읽는다더니 이런 오래된 책도 읽어?"

나는 무심한 투로 영어 선생에게 혹시 목천에 대해 아느냐 물었다.

"옥천? 거기 택배 물류센터 있는 도시 아닌가?"

"옥천 말고 목천이오, 나무 목."

"글쎄, 난 처음 들어보는데?"

내 앞자리의 과학 선생이 불쑥 일어나 끼어들었다.

"거기 오늘 살인 사건 터진 데 아냐! 뉴스도 안 봤어?"

"네?"

"글쎄, 뉴스가 다 비슷비슷해서 이게 내가 아는 뉴슨지 모르는 뉴슨지 도통 알 수가 있어야…."

영어 선생이 책을 내려놓고 과학 선생과 새로운 수다의

장을 연 사이 나는 인터넷에 접속해 목천 관련 뉴스를 검색했다. 목천에서 게스트 하우스를 운영하는 권희란(45) 씨가 당일 묵었던 손님 두 명과 함께 실종되어 경찰은 살인 사건을 염두에 두고 수사에 나섰다는 기사가 오늘 날짜로 떠 있었다. 게스트 하우스 사장 겸 목천에 조성 중인 생태 공동체 마을의 책임자라는 남자의 이력을 읽으며 나는 본능적으로 김중금 씨가 오늘 내게 건네준 책을 집어 들었다.

《목천은 나무가 많다》, 권희남 저.

책날개에 적힌 작가 이력과 신문기사를 번갈아가며 읽는 동안 인터넷 카페 글 하나가 링크된 문자 하나가 왔다. 무심히 문자로 날아온 글을 읽다 휴대폰을 집어 들어 교무실 밖으로 나갔다. 끈질기게 전화가 왔던 낯선 번호는 내가 아는 사람의 것이었다.

"아 씨 놀래라, 전화는 왜 안 받아요?"

3년 만에 듣는 도하 동생의 목소리는 어제 만났던 사람처럼 생생했다. 그녀의 목소리는 내게 자유란 결코 주어지지 않을 것임을 똑똑히 알리고 있었다.

"그거 사실이야? 지금 네가 보낸 게시물."

"예의상 인사도 없어요? 물론 저도 그럴 상황은 아니지만. 아무튼 진짜 오랜만이긴 한데 상황이 급하다 보니, 오늘 뉴스 보셨죠?"

그 순간 교무실 앞까지 달려온 우리 반 학생이 그녀의 목소리를 단칼에 끊으며 내 손을 붙잡았다.

"쌤! 쌤! 지금 반에 싸움 났어욧!"

제목 : 오빠가 이상한 단체로 끌려간 것 같습니다

주작이니 어그로 끄니 욕댓 각오하고 씁니다.

저는 서울 ○○대 재학 중인 대학생입니다. 저보다 5살 위인 오빠는 같은 학교 졸업생이고요. 졸업하고 3년 넘게 오빠는 작가가 되기 위해 집에서 소설을 썼습니다. 혹 쓸데없는 백수니 잉여 인산이니 오빠에 대한 악성 댓글은 자제 부닥드립니다. 오빠의 글은 정말 훌륭했거든요. 가끔 제게 읽어주던 문장들은 난해했지만 오빠다운 글들이었습니다. 물론 저희 부모님 속은 타들어가셨겠죠. 오빠에게 제발 남들과 같은 삶을 꾸리길 바란다고 끊임없이 잔소리가 이어졌어요. 그때마다 오빠를 옹호하는 쪽은 제 역할이었죠.

그러다 3개월 전 어느 날 오빠가 이 게시판에 올라온 글 하나를 제게 보여주었어요. 목천이라는 도시에서 '폐소아마을'이라는 미래형 대안마을 사업이 시작되니 관심 있으면 연락하라는 홍보물이었어요. 통영 동피랑마을이나 부산 감천문화마을, 제주에 생겨나는 동네 재생 프로젝트와 같은 맥락으로 목천의 유명한 무슨 숲 한가운데에 마을을 조성한다는 내용이었습니다. 흥분한 오빠는 자기가 이 마을 이름 공모전에 일등으로 당선되었다며, 곧 목천으로 떠나야 한다고 제게 설명했습니다.

나 : 이름이 뽑혔는데 왜 오빠가 거기까지 가야 하는데?

오 : 사업 총괄하시는 분이 나와 같이 일했으면 좋겠다고 불러주셨거든, 권희란이라고.

오빠가 일을 구했다는 얘기에 부모님은 처음에 기뻐하셨습니다. 친구들, 친척들 그리고 만나는 사람마다 오빠가 나라에서 한다는 사업 책임자로 발령받았다며 여기저기 자랑도 하고 다니셨어요. 그리고 목천의 마을 사업이라는 것이 제대로 된 기사 하나 없이 인터넷 글만 딸랑 올라와 있다는 사실을 알게 된 이후엔 미친 듯이 반대하셨죠. 사기 아니냐, 사이비 종교 같은 거다. 저는 오빠 편을 들기는 했지만 마음속으로 저 역시 목천 페소아마을이라는 이름에서 느껴지는 수상쩍은 의심을 억누를 순 없었어요. 한국에 외국 작가의 이름이 붙은 마을이라니, 상식적으로 좀 이상하지 않나요? 오빠가 거기서 한다는 일이 명확하지 않기도 했고, 우리 곁을 떠나지 않길 바라는 마음이 컸구요. 하지만 오빠는 부모님과 대판 싸운 뒤 짐을 싸서 목천으로 떠나버리고 말았습니다.

　오빠가 떠나고 한 달이 지나 그래도 오빠가 무슨 일을 하는지 보자며 부모님과 저는 목천으로 떠났었습니다. 목천의 유명하다는 거대한 숲 입구에서 우리는 들어가지도 못했습니다. 제 전화에 오빠는 돌아가라는 말만 반복하며 끊어버리더라구요. 저도 부모님도 충격에 빠져 아무 소득 없이 돌아올 수밖에 없었습니다. 마을은 들어가질 못하고, 오빠가 보여줬던 글은 아무리 검색해도 찾을 수가 없고, 도시 연구가라는 직함의 권희란이라는 사람은 아는 이 하나 없어 유령이 아닌가 하는 생각까지 듭니다.

　이 글 보시는 분들 중 혹시 목천 페소아마을에 대해 아는 사람 있나요?

　○○대학 국문과를 졸업한 하도하라는 사람에 대해 아는 사람 있나요?

　저희 오빠가 제발 무사히 돌아올 수 있길 도와주세요.

　이 글 어디든 마음껏 퍼가셔도 좋습니다.

　"아시잖아요, 선생님. 아이가 제 아빠만 찾아 나다니고 제정신 아닌 거."

　휴대폰 속 여자의 목소리는 축축했다. 오늘 두 번째 중요한 통화에 미끌미끌해진 휴대폰 액정이 볼에 닿는 느낌은 좋지 않았다. 아침부터 살인 사건과 실종 뉴스에 가출 이야기까지 연속으로 듣는 일은 평소보다 많은 에너지를 필요로 했다. 지금 통화하는 여자는 내가 맡은 반 학생의 어머니로, 내게 전화할 때마다 자신의 사연을 녹음기처럼 반복해서 털어놓았다. 아이 아빠는 집을 나간 지 오래고, 어디로 갔는지 연락도 닿지 않고, 애는 틈만 나면 아빠 찾으러 간다고 돈을 훔쳐 집을 나가고, 새 아빠는 아이를 때리고, 애가 원래 착한데 무책임한 아빠 탓에 망가졌다, 같은 이야기.

"잘 알죠, 어머님. 그런데 아이에게 맞은 다른 아이 아버님이 학교에 오시겠다고 하셔서요, 어머님도 방문을 꼭 하셔야만 하는 상황이거든요, 네, 앞니가 아예 부러졌어요."

통화를 하며 교무실 한쪽에 벽을 보고 선 아이를 흘긋 바라보니 흐트러짐 없이 서 있다. 도하 여동생이 쓴 게시판 글 내용과 오늘 뉴스가 손을 잡고 내 머릿속으로 쳐들어와 난장판을 만들고 있었다. 나는 정신없이 학교에 오는 것만은 피하고 싶다는 학부모를 설득하며 파일함에서 꺼낸 학생 기초자료가 철해진 파일을 닫았다.

"네, 그럼 내일 뵐게요, 들어가세요."

아이는 내가 다가가도 뒤돌아보지 않았다. 한 시간 전에 쥐여준 반성문은 백지 그대로였다. 조용히 아이 이름을 부르자 아이는 내 얼굴을 외면하고 내뱉듯이 말했다.

"전 억울해요."

"무슨 이유든 친구에게 폭력을 휘두른 짓은 분명 잘못된 거야."

"걔가 먼저 거지새끼라고 욕했어요."

"네가 돈을 빌리고는 갚지 않았다며 우리 반 애들 전부가 나를 찾아왔었어."

"걔네들은 좆도 몰라요. 아빠만 만나면 다 갚을 거라고 난 말했어요."

나는 아이가 내 쪽을 보게 했다.

"누구도 네가 아버지를 찾아가는 일을 원하지 않아."

처음 기간제 자리를 얻게 되었을 때, 내가 대신하게 될 교사는 출석부를 가져와 사진첩에 동그라미를 하나하나 그려가며 주의할 점들을 적어주었다.

"이 아이는 반장이라 말을 아주 잘 듣고, 요 아이는 지각이 잦으니 주의하시고, 이 아이는, 애가 요주의 인물이죠."

펜 끝으로 사진 속 머리를 톡톡 두드리며 가장 큰 문제아니까 조심하라 내게 일렀다. 근무 첫날 사진 속 그 아이가 복도에서 내게 큰 목소리로 인사하는 모습에 설마 했었다. 3달

동안 일하면서 아이는 3번의 가출을 감행했다. 온통 멍이 든 얼굴로 학교에 돌아오면 내게 아빠를 찾아가려 했다고 말하는 아이의 모습은 분노보다 연민을 불러일으켰다.

"네가 할 일은 학교에 학생답게 다니는 일이야."

"엄마는 몰라요, 그 남자도 몰라요, 다 몰라. 쌤도 모르죠? 아빠랑 나만 알아요."

"뭘 안다는 거야?"

아이는 이미 내 말을 듣고 있지 않았다. 아이의 거친 목소리에 교감이 다가오더니 손가락으로 아이의 머리를 툭 밀었다.

"누가 교무실에서 소리 지르래? 여기가 네 집이냐?"

"건드리지 마, 씨발!"

교무실에 남아 있던 선생들이 하나둘 자리에서 일어나 이쪽을 보았다. 교감은 "씨발? 너 다시 한 번 말해봐, 이 개새끼가" 하고 욕을 퍼부으며 아이 한쪽 귀를 잡고 방송실로 끌고 갔다. 아마 아이는 이 시간이 끝날 때까지 방음 처리가 된 방송실에서 맞고 또 맞을 것이다. 내가 할 수 있는 일은 내 자리로 돌아와 앉는 것뿐이었다.

나는 멍하니 《목천은 나무가 많다》를 집어 들었다. 중절모에 동그란 안경을 쓴 남자의 얼굴 위로 고딕체로 제목이 적힌 표지는 투박했다. 이 책이 아니었다면 도하와 사귈 일은 없었을 것이다. 이 책에서 페소아를 처음 알게 되었고, 이 책을 매개로 도하와 가까워졌으니까. 도하의 여동생은 이 세상에서 나 같은 사람이 제일 싫다고 말했다. 그때도 지금도 나를 세상에서 가장 증오하지만 오빠의 실종 사건에 대해 실마리라도 잡고 싶어 연락했다고 전화 속 여동생은 반쯤 잠긴 목소리로 말했다.

"죽었을지도 모른다고 생각하니까 미쳐버릴 것 같아요. 부모님은 지금 목천으로 내려가셨구요. 지금까지 오빠가 가깝게 만났던 사람은 언니가 유일하거든요."

나는 도하와 마지막으로 연락한 지 3년도 더 된 일이고, 그가 어디를 가든 내 알 바 아니라며 건조하게 말했다.

"그쪽도 참, 달라진 거 하나 없네요. 재수 없는 거."

그 말을 끝으로 여동생은 전화를 끊었다.

목천, 거기에 페소아마을이라.

도하가 페소아를 광적으로 좋아한다는 사실을 알고 있었다. 페소아가 우리를 만나게 했으니까. 페소아의 이름을 뉴스 사회면과 인터넷 게시글에서 보게 될 줄은 몰랐다. 도하는 처음 알게 됐을 때부터 묘한 분위기를 풍겼다. 잘 알려지지 않은 한국 현대소설을 발표하고 토론하는 국문과 전공 수업에서 나는 권희남의 소설을 주제로 발표했다. 수업이 끝나고 같은 과 동기였지만 교류가 없었던 동그란 안경을 낀 남학생이 내게 그 소설을 어떻게 알게 되었냐며 말을 걸었다.

"김중금 씨 서재에서 읽었어."

"김중금 씨가 누군데?"

"아버지."

그는 내가 왜 아버지를 김중금 씨로 부르는지 묻지 않았다. 그저 자기 이름은 하도하고, 권희남의 소설을 자기도 읽은 적이 있다고만 말했다. 소설 이야기를 하면서 그날 함께 점심을 먹었고, 수업에 나란히 앉게 되었으며, 동기들이 너네 사귀냐고 묻는 사이가 됐다.

그 소설은 김중금 씨 서재에서 책을 찾다 표지의 촌스러움이 묘해 읽게 된 책이었다. 소설 속에서 친구도 연인 사이도 아닌 한 남자와 여자가 어떤 원고가 든 상자를 찾아 목천으로 떠난다. 익명의 자산가가 원고가 든 상자에 거액의 현상금을 건 것이다. 남들보다 한 발 먼저 목천에 그 상자가 있다는 정보를 입수한 남녀는 기차를 타고 가면서 페소아 이야기를 한다. 사후 수만 장의 원고가 든 트렁크를 남기고 죽은 포르투갈의 작가. 찾으러 가는 상자가 그 트렁크를 닮았다며 여자와 남자는 페소아의 문장을 줄기차게 인용하며 수십 페이지가 넘도록 대화만 나눈다. 나중에 《불안의 서》가 번역되면서 소설 속 주인공들이 인용했던 문장들의 출처를 정확히 알게 되었다. 그때 이미 도하는 《불안의 서》영어 번역본을 구해 소설에 인용된 페소아의 문장을 찾아냈었다. 나는 도하를 통해 작가가 소설 속 등장인물의 목소리로 들려주는 페소아의 문장에 매혹되었다.

여자의 마음을 떠보고 싶어 이리저리 질문을 던지는 남자에게 여자는 나는 아무것도 아니기 때문에 모든 것이 되는 나 자신을 상상할 수 있죠, 라거나 작가가 되고 싶었지만 뭔가를 쓴 다음에 써 놓은 것이 형편없다는 생각이 든다면 영혼의 엄청난 비극이 아니냐, 며 힌틴하는 남자의 독백 모두 페소아의 것이었다. 도하와 함께 소설을 읽으며 내 안의 트렁크 하나가 활짝 열렸다. 그 안에는 처음 보는 것들이 잔뜩 들어 있었다.

도하는 어렸을 때 서울대를 다니던 삼촌의 방에서 그 소설을 처음 읽었다고 했다. 표지가 너덜너덜하고 몇몇 페이지는 떨어져나간, 밑줄과 메모로 얼룩진 책을 보여주며 도하는 내가 가진 책을 보여 달라고 했다. 나는 고개를 저었다.

"나한테 없어. 없어졌어."

"그럼 어떻게 발표를 한 거야?"

중학생 때, 아직은 아버지라 부르던 시기에 서재에서 《목천은 나무가 많다》를 딱 한 번 꺼내 읽은 뒤 그 책은 내 눈앞에서 사라졌다. 전공 시간에 했던 발표는 내가 노트에 베껴놓았던 작품 일부와 내 기억력에 의존해 복원한 내용을 기반으로 한 것이었다. 내 설명에 도하는 생전 처음 읽는 소설을 보는 눈빛으로 나를 보았다.

"넌 좀 뭘 아는 사람이구나."

"뭘 아는 사람인데?"

"남들이 모르는 것을 아는 사람."

그가 보기에 나는 몇몇 사람들만 알고 있는 소설을 읽고 좋아하는 특별한 존재였다.

"나와 같은 영혼을 지녔다는 말이지."

영혼이 같다는 표현을 자연스럽게 쓰는 도하와 함께하는 시간은 대체적으로 즐거웠다. 전국의 헌책방을 순례하며 《목천은 나무가 많다》를 찾으며 목천으로 여행을 떠날 계획을 세우기도 했다. 자유를 구속하는 김중금 씨 때문에 실현 불가능한 꿈이었지만 상상만으로 진짜 목천에 간 것처럼 들떴다. 도서관까지 따라와 자기야말로 오빠를 이 세상에서 가장 잘 아는 사람이라고 엄포를 놓는 도하의 여동생만 아니었다면. 그때 도하와의 연애가 갑작스럽게 막을 내린 이유가 여동생 때문이라고 생각했었다. 이별을 선고하며 도하는 내게 마지막으로 이런 말을 남겼다.

"네가 말하는 자유가 뭐지? 네 안에 자유가 없다면 넌 어디를 가더라도 자유를 얻을 수 없어."

나중에 《불안의 서》 번역본을 읽고 나서야 나는 그때 도하의 말을 이해할 수 있었다. 도하는 페소아의 문장을 빌려 내게 자유를 선물하려 했던 것이었다. 도하다운 방식으로.

그리고 나는 그 선물을 거부했다.

그토록 염원하던 목천에서 그렇게나 좋아하던 페소아의 이름을 딴 마을을 만든다는 사업은 개연성 있는 소설 줄거리처럼 느껴졌다. 너는 드디어 목천에 갔구나. 오늘 몇 번이고 마주친 이름, 김중금 씨의 입에서, 책 속에서, 뉴스와 인터넷에서, 또 어디서 봤더라?

아이 어머니와 상담하면서 꺼냈던 학생 기초자료 파일을 다시 펼쳤다. 아이의 이름 아래 부모의 신상명세가 기재되어 있었다. 부, 55세, 직업 목수, 현재 별거상태, 목천 출신. 그 옆에 원래 담임 글씨체로 '평소 아이가 아버지와 가장 친했다고 말함. 주의할 것'이라 적혀 있었다.

번개처럼 떠오른 생각에 정신이 팔린 사이 종이 쳤다. 교감과 아이가 나란히 교무실로 들어왔다. 교감은 내게 눈길조차

주지 않고 자리로 돌아갔다. 내게 다시 온 아이의 얼굴은 멀쩡했다. 그 얼굴 한 겹 아래 어떤 감정이 소용돌이치고 있을지 나는 감히 짐작할 수 없었다. 나는 아이의 이름을 불렀다.

"아까는 미안했어. 그렇게 말하면 안 되는 건데."

두 손 모은 자세로 고개를 숙인 아이는 아무 말이 없었다. 나는 아이에게 아버지의 고향에 가본 적 있었는지 물었다. 아이는 고개를 가로저었다.

"할머니, 할아버지 다 안 계신다고 한 번도 시골에 가본 적 없어요."

"어딘지는 알아?"

계속해서 고개를 젓는 아이의 손에 '목천'이라 적은 포스트잇을 쥐여주자 아이는 멍한 얼굴로 나를 바라보았다.

"이게 뭐예요?"

"지금 네 아버지가 계실지도 모를 곳."

내 속삭임에 아이의 두 눈이 커졌다. 포스트잇을 쥔 아이의 손을 가볍게 잡으며 나는 말했다.

"선생님도 뭘 좀 아는 게 있지?"

아이는 평소처럼 다시 환하게 웃었다. 종이 쳤으니 교실로 돌아가라 말한 뒤 나도 수업에 들어갈 준비를 했다. 서둘러 교과서를 챙겨 나가느라 내 뒤로 고 선생이 따라온 것을

목천에 당첨되다

알아채지 못했다. 계단을 오르다 누군가 나를 부르는 소리에 아래를 내려다보니 고 선생이 눈을 뒤룩거리며 나를 올려다보고 있었다.

"김 선생도 목천에 가나?"

"무슨 말씀이신지?"

평범한 의문형으로 들리길 바라며 나는 답했다.

"김 선생 책상 위에 책."

"아, 빌린 책이에요. 제 거 아니에요."

고 선생이 한 칸 위로 올라오고 나는 방패로 막아서듯 교과서를 치켜올렸다. 한 학생이 계단을 올라가며 나와 고 선생을 흘끗 바라보았다. 얼버무리며 교실로 올라가려는 내게 고 선생은 기묘한 표정을 지으며 말했다.

"주의해 김 선생, 목천은 아는 사람들만 가는 곳이야."

"뭘 알아요?"

"근데 김 선생 정도면 이미 알 만큼 아는 것 같으니까, 갈 수 있겠어."

나를 향해 고개를 살짝 끄덕이며 고 선생은 계단을 지나쳐 별관으로 향하는 통로 쪽으로 걸어갔다. 때늦게 계단을 올라오던 역사 선생이 수업 안 가냐며 내게 묻지 않았으면 종이 칠 때까지 망부석처럼 서 있었을지도 모른다. 목천과 폐소아로 정신없던 내 머릿속에서 고 선생의 이름이 향수 냄새를 풍기며 뛰어들었다.

타인들은 도대체 어떻게 존재하는 거지? 우리는 함께 버스 맨 뒷자리에 앉아 《목천은 나무가 많다》를 펼쳐놓고 읽었다.

'나로서는 좀처럼 이해하기 힘들고 아무리 질문을 해도 해답을 발견할 수 없는 일은, 타인들은 어떻게 존재하는가, 내 것이 아닌 영혼이 어떤 방식으로 있을 수 있는가, 그리고 내 것이 아닌 의식이란 도대체 무엇인가 하는 의문이다.'

연필로 밑줄이 그어진 이 문장을 읽으며 도하는 이 세상에 확실한 건 오직 자기 자신뿐이지 않냐며 내게 말했다.

"그럼 나는? 나도 너에겐 존재하지 않는 건가?"

농담 삼아 던지는 내 말에 도하는 즉각 심각한 얼굴로 나를 바라보았다.

"아니, 나 자신도 존재하는지 어떻게 알지? 누가 내가 실재한다는 사실을 확인해주지?"

책등에 올린 도하의 손등에 손을 올리며 나는 도하의 눈을 피하지 않았다. 해 주고픈 수많은 말들이 입술 안쪽으로 떠오르다 거품처럼 사그라졌다. 말 대신 가방에서 거울을 꺼내 도하 코앞에 들이댔다.

"이제 보여?"

내 행동에 잠시 멍해진 도하는 뒤이어 거울에 비친 자신과 함께 웃기 시작했다. 내가 본 도하는 사면에 거울이 둘러싸인 방에 갇힌 한 인간을 떠올리게 했다. 자기가 누구인지 고뇌하는 그 앞에 끝없이 복제되는 거울 속 무한의 도하들. 자신이 폐소아에 매료된 가장 큰 이유가 자신을 70개가 넘는 이름들로 나누는 문학적 작업에 있다고 도하는 말했었다. 흔한 자아의 탐구를 넘어선 자아의 확장이 자기에겐 하나의 구원처럼 보였다고.

"나는 내가 아닌 다른 존재가 되고 싶어."

20개의 시험 문제를 내고 나니 창밖이 깜깜했다. 언제 퇴근할 건지 재촉하는 행정실 직원에게 등 떠밀려 학교 밖으로 나왔다. 몇 시간 뒤 다시 학교로 돌아와야 한다. 나와 학교 사이에 계약이라는 끈이 이어진 한은. 끝내 도하는 가족도 연인도 타인과 이어진 끈 모두를 끊어내고 목천으로 갔을까. 소설의 결말부에서 두 주인공이 찾아낸 것과 같은. 목천 출신의 작가가 목천을 배경으로 쓴 소설, 권희남이라는 작가와 권희란이라는 마을 책임자가 겹치고, 실종된 이들이 겹치고, 역시 목천 출신이라는 우리 반 아이의 아버지가 겹치고, 도하가 겹치며, 오늘 아침 김중금 씨의 선언이 겹쳐 피어올랐다.

중학생이던 나는 처음《목천은 나무가 많다》를 읽고 아버지에게 목천이 어딘지 물었었다.

"그걸 왜 묻지?"

"이 작가가 쓴 책을 더 읽고 싶어서요."

나를 바라보는 아버지의 시선은 괴상망측하게 낯설어 나는 당혹스러웠다. 내 손에서 책을 빼앗은 아버지의 손길은 필요 이상으로 거칠었다.

"이런 건 아무나 읽는 게 아니다."

"책은 누구나 읽는 거잖아요."

"책도 등급이 있다. 그러니까, 네가 읽을 책이 있고 읽어서는 안 되는 책이 있는 거야."

"목천은 뭐 하는 곳이에요?'

"너는 몰라도 된다. 거긴 아무나 가는 곳이 아니다."

그때 내가 받은 충격은 놀이동산에 유기된 아이의 공포와도 같았다. 외동인 내게 아버지는 안아주거나 놀이공원에 데려가는 식으로 애정을 표현하지 않았다. 아버지의 방식은 자신의 서재를 내게 개방한 것이었다. 내가 무슨 책을 읽든 아버지는 상관하지 않았고, 책을 읽다 궁금한 게 생기면 이해하기 쉽게 설명해주는 것이 우리만의 부녀간 의식이었다. 아버지의 거부는 내게 애정의 상실과 같았다.

그 뒤로 나는 아버지를 김중금 씨라고 불렀다. 아버지의, 아니 김중금 씨의 서가에 한 번도 손을 대지 않았다. 책은 도서관에 얼마든지 있었다. 방문을 닫고 책만 읽는 내게 김중금 씨는 아무 말도 하지 않았다. 어머니는 아버지를 이름으로 부르는 나를 몇 번이고 혼냈다. 나는 침묵으로 대응했다. 김중금 씨 역시 침묵으로 맞받아쳤다. 대신 그때부터 내 귀가가 조금만 늦어져도 불같이 화를 냈다. 수련회, 수학여행, 엠티, 나는 모두 떠날 수 없었다. 도하와 함께 버스 막차를 타고 가면 휴대폰이 나를 찾는 전화로 불타올랐다. 한 번은 몰래 김중금 씨의 서재에 들어가 《목천은 나무가 많다》를 찾았지만 책은 이미 자취를 감춘 뒤였다.

내가 대학을 졸업하고 소득 없이 시간을 보낼 때 김중금 씨는 사무실 한가운데서 서서히 밀려나 지금 지하주차장에 책상이 놓였다고 했다. 그곳으로 출근하기 위해 김중금 씨는 양복을 더 엄격하게 갖춰 입고, 무기를 지니듯 양장본 책을 챙겨 집을 나섰다.

내게 책을 읽어주던 김중금 씨, 책을 없애던 김중금 씨, 집에서 조금이라도 멀리 떨어지는 것을 금지하던 김중금 씨, 목천으로 떠나라 말하는 김중금 씨.

목천에 무엇이 있기에?

집으로 가는 지하철을 타기 위해 환승 통로를 통과하는 도중 아이의 어머니에게서 전화가 왔다. 여자는 축축한 목소리로 아이가 아직까지 귀가하지 않았다며 혹시 학교에서 또 무슨 일이 있었는지 물었다. 예상보다 재빠른 아이의 행동력에 나는 조용히 감탄하며 별일 없었다고 둘러댔다. 별일이 생기면 연락 달라는 말을 남기고 끊으려던 찰나 아이의 어머니는 내게 물었다.

"혹시, 애가 또 제 아빠를 찾아간 건 아니겠죠?"

여자의 목소리로는 아이에 대한 추측이 습관적인 결과물인지 어머니의 본능적인 감인지 구분하기 어려웠다. 일단 내일 뵙자고 정리하며 전화를 끊자마자 바로 다른 전화가 왔다.

도하 여동생과의 통화는 지하철역 출구 앞에서 이루어졌다. 전화를 걸자마자 여동생은 다짜고짜 내가 도하에 대해 뭔가 알고 있다며 화를 냈다. 단서를 찾아 오빠 짐을 뒤지던 중 책상 서랍에서 도하가 쓴 원고가 나왔다는 것이다.

"거기 언니 이름도 나오고 그 빌어먹을 목천이 나온다니까요? 언니도 오빠 따라 거기 간다는 거 아녜요? 아 진짜 좆같아서 진짜. 내가 왜 오빠랑 그쪽 그 짓 하는 글을 읽어야 하는데!"

아마 우리가 함께 썼던 《목천은 나무가 많다》 제 2권이겠지만 나는 답하지 않았다. 내게 거리낌 없이 쏟아붓는 분노에 대항하여 최대한 비꼬는 어조로 들리길 바라며 나는 말했다.

"너야말로 도하는 네가 세상에서 제일 잘 안다고 단언하지 않았어? 그걸 왜 지금 와서 나한테 물어, 쪽팔리게."

쪽, 까지 말하는 순간 전화가 뚝 끊겼다. 휴대폰 액정에 얼룩진 내 얼굴 기름을 엄지손가락으로 북북 문질렀다. 이 시간이면 김중금 씨도 퇴근했을 테니, 집에서 그에게 까놓고 얘기해야겠다고 결심했다. 목천, 도하, 권희남, 권희란, 실종, 가출한 아이, 고 선생. 무엇이든 내 머릿속을 점령한 이름들을 한 움큼 뽑아 부케처럼 한 손에 들고 김중금 씨 앞에 내보이리라. 우리가 침묵으로 숲을 만들기 이전의 시절처럼.

현관문을 열고 들어가니 집에 전혀 불이 켜져 있지 않았다. 스위치를 찾아 거실 불을 켜니 어머니가 거실 소파에 몸을 말고 앉은 자세로 앞을 응시하고 있었다. 오늘 놀랄 일이 여럿이라 이 정도로는 놀라지 않으리라 생각했지만, 어머니의 텅 빈 표정은 전원이 나간 텔레비전을 보는 것 같아 나도 모르게 움찔했다.

"왜 이러고 있어? 김중금 씨는?"

내 물음에 어머니는 천천히 고개를 돌려 나를 바라보았다.

"갔어."

"어딜?"

"나가버렸다고."

나는 거실 바로 옆 안방 문을 열었다. 서재에서 가장 잘 보이는 곳에 포스트잇이 붙어 있었다.

"책 돌려주러 올 것."

만년필로 쓴 김중금 씨의, 아니 아버지의 익숙한 글씨체는 내게 명령하고 있었다.

비로소 나는 알게 되었다. 내가 받은 경품이 3등이 아닌 1등에게 주어지는 것임을.

나는 목천에 당첨된 것이다.

140번 버스의 아이들

정신이 잠을 떼어내기로 결심했다는 이야기에 K는 기뻐했
다. 박수까지 치며 기뻐했다.

"그렇게 좋아?"

"이제 우리 진심으로 결혼하는 거지?"

결혼이라는 단어를 입에 올리며 K는 재빨리 잠의 눈치를
살폈다.

"괜찮아, 결혼하자는 말 꺼내도."

최근 K는 부쩍 결혼하자는 말을 간접적으로 전달하는 일
에 몰두했다. 일요일 아침에 늦잠을 잔 뒤 전날 저녁 먹다 남
긴 김치찌개에 찬밥을 나눠 먹는 꿈이 있다고 털어놓거나,

정신을 배웅할 때 버스가 오면 같은 버스를 타는 사이가 되길 바란다고 말을 하는 식으로. 그때마다 정신은 대답 대신 잠의 머리통을 단단히 붙잡았다. 가평의 한 펜션에서 잠이 K의 손가락을 떨어져나가기 직전까지 물어뜯었던 사고가 반복되지 않길 바랐으니까. 1주년 기념 여행에서 결혼하고 싶다는 말 한 마디에 평생 왼손 약지에 반지를 끼지 못할 뻔했던 K는 정신을 떠나지 않았다. 정신이 이제까지 만났던 남자들은 대부분 잠을 볼 수 있었지만, 무시하거나 비웃거나 무서워했다. K는 그 어디에도 속하지 않았다. 손가락을 물리기 전까지 K는 정신이 잠을 가지고 있다는 사실을 부러워했었다.

정신의 무릎에 앉아 날카로운 이빨이 드러나도록 입을 벌리고 잠든 잠을 보며 K는 물었다.

"그런데, 왜 갑자기 그런?"

정신은 웃었다. 이가 드러나지 않는 미소로.

"나도 이제 나답게 살아보려고."

정신의 잠, 상어와 같은 몇 겹의 촘촘한 이빨을 제외하고 눈이나 코 같은 다른 신체적 특징은 보이지 않는 몸체, 정신의 반쪽이자 적. 잠과 같은 것들을 영구적으로 떼어내는 일이 가능하다는 정보를 알려준 이는 희였다. 몇 년 전 친하게 지냈던 희는 정신보다 두 배 이상 크기의 잠을 데리고 다니는 사람이었다. 희는 그걸 자신의 이름과 같은 '희'라고 불렀다. 원숭이처럼 기다란 팔로 희의 목을 휘감고 희의 등 뒤에서 디룽디룽 매달린 희의 모습을 볼 수 있는 사람들은 기겁했다. 겁먹은 이들에게 희는 자랑스럽게 희를 소개했다.

희, 가만히 서 있기만 해도 땀이 흐르는 한여름에 니트 원피스를 입고 다니던 사람, 글쓰기 그룹의 반장이자 덧붙일 데 없이 완벽한 시를 쓰던 사람, 낯선 동네라도 가장 맛있는 안주가 나오는 술집을 찾아내던 사람. 정신이 기억하는 희는 언제 어디서나 커다란 배낭과 함께 희를 짊어지고 다니던 사람이었고, 그래서 지난달 서울역에서 쇄골이 드러나는 민소매의 흰색 원피스를 산뜻이 입고 걸어오던 사람이 희라는 사실을 인지하기까지 한참의 시간이 필요했다.

"누구야 이게, 너무 오랜만이다!"

서울역 내 벤치에 멍하니 앉은 정신을 먼저 알아보고 희는 앞에 서서 손을 흔들었다. 당황한 정신이 인사말을 더듬대자 희가 큰 소리로 웃었다.

"넌 여전하구나."

정신은 매일 입는 티셔츠에서 땀 냄새가 나지 않길 바라며 손을 내밀었다. 희의 달라진 모습에 놀라고 희의 목 뒤로 그림자처럼 늘어져 있던 희의 모습이 사라졌다는 것에 놀랐다. 정신의 옆구리에 엉겨 붙은 잠이 희를 향해 이빨을 드러냈다. 잠을 달래는 정신의 모습을 가만히 바라보던 희는 잠깐 시간이 있는지 물었다. 정신이 타야 할 열차는 출발하기까지 아직 시간이 남아 있었다.

역 안 카페에서 먼저 이야기를 꺼낸 사람은 희였다.

"혹시 기억나? 영수증을 모으는 한 여자를 주인공으로 한 시."

자기가 쓰고 싶은 글을 쓰는 모임, 줄여서 자글모에서 희는 소설에 가까운 장편시를 썼다. 영수증을 수집하여 일기를 쓰는 여자가 주인공인 시였다. 자글모 회원들은 희를 열광적으로 예찬했다. 희의 글과 희의 희 모두 회원들에게 찬미의 대상이었다. 희가 쓴 글을 칭찬하는 말을 들으며 희는 자신의 목을 두른 희의 손등을 쓰다듬었다.

이제 희가 없는 희의 새하얀 목덜미를 습관처럼 쓰다듬으며 희는 세무사 사무소에 취직했다고 말했다.

"취직해서 내가 썼던 글 속 여자처럼 영수증을 모으지."

"취직?"

"노는 게 아니라 일하기 위해 모으는 거라 다르지만."

"놀았다구요?"

"아이 떼고 바로 취직했어."

정신의 입이 잠처럼 딱 벌어졌다. 잠시 뒤에 희가 말한 '아이'가 희의 희를 지칭한다는 사실을 깨닫고 난 뒤에도 정신은 혼란스러웠다. 희는 정신에게 명함 한 장을 건넸다.

"영수증을 모으듯 아이들을 수집하는 집단이 있어."

희가 그 집단과 접촉한 곳은 서울 시내의 대형 서점이었다. 그때 희는 칭얼거림이 잦아진 희를 향해 짜증을 내며 새로 나온 시집을 고르던 중이었다. 누군가 희의 어깨를, 정확히 희의 등에 매달린 희를 톡톡 두드렸다. 푸른색이 섞인 정장을 입은 낯선 사람이 희를 가리키며 이 '아이'의 이름이 무엇이냐고 물었다. 그 사람은 희가 지금까지 마주친 사람들 중에 가장 빼어난 외모를 갖고 있었다. 희가 멍해진 사이 그 사람은 희에게 희가 정말 아름답고 대단히 훌륭하다며 찬사를 늘어놓았다. 희의 손등을 긁적이며 희는 그래서 어쩌라는 심정으로 가만히 듣기만 했다. 칭찬 끝에 그 사람은 명함 한 장을 꺼내어 자신의 직업이 무엇인지 소상히 설명했다.

정신은 테이블 위에 올려놓은 명함에 손대지 않고 물끄러미 바라보았다.

"설득되던가요? 언니의 희를 떼어놓아야 할 이유가."

"정확히는 떼어내어 판매하는 거야, 우리가."

정신은 고개를 들어 희를 보았다. 말 한 마디로 자글모를 해산한 뒤 아무 말 없이 사라졌던 사람이 몇 년 만에 갑자기 나타나 말 한 마디에 희를 돈 받고 팔았다며 태연하게 말하고 있었다.

희는 웃었다. 정신의 기억 속 모습 그대로.

"난 변한 게 없어. 그냥, 모임을 없애고 너와 연락을 끊은 뒤 여행도 다니고 연애도 하고 생각나는 대로 살았는데, 다 잘 안 됐어. 그 사람을 만난 뒤에야 알게 된 거야. 이건 내 것이 아니었다고, 그래서 그렇게 살았던 거라고."

먼저 자리에서 일어난 사람도 희였다. 얼음이 완전히 녹은 커피에서 아무 맛도 느껴지지 않았다. 명함을 테이블에 방치한 채 정신은 카페를 나서 집으로 가는 기차를 탔다.

그리고 다음 날 명함에 굵은 글씨로 인쇄된 회사명을 떠올려 인터넷 검색창에 써 넣었다.

AOSEP_쓸모있지 않음의 아닌

홈페이지는 사진 한 장 없이 달랑 게시판 하나가 전부였다. 정신은 게시판에 상담을 요청하는 글 하나를 올렸다. 바로 다음 날 답글이 달렸다. 오늘부터 3일 뒤 정신이 사는 동네 문구점 앞에서 AOSEP사의 직원과 만나기로 결정되었다. 느리지도 빠르지도 않은 일처리였다.

후드 티에 청바지 차림으로 집을 나선 정신은 후드를 푹 눌러썼다. 방에 창문이 없어 날이 흐린 줄 몰랐다. 정신이 입은 후드 티의 회색과 같은 빛깔의 먹구름이 비 냄새를 풍기며 하늘을 막아섰다. 정신의 허벅지에 들러붙은 잠은 청바지에 뚫린 구멍에 몸을 집어넣다 빼는 놀이 비슷한 행위에 열중했다. 희와 만난 뒤로 정신의 잠은 감기에 걸린 것 마냥 축 처져 졸거나 느리게 움직이며 정신의 몸을 타고 오르내리는 일 외에 아무것도 하지 않았다. 정신이 며칠째 그림에서 손 놓고 있어도 신경 쓰지 않았다. 자신을 떼어내려 한다는 사실을 알고 있는지, 정신은 잠에게 물어보고 싶어졌다.

오늘 만나기로 한 직원은 문구점 입구에 서서 큰길을 바라보고 있었다. 희의 묘사대로 말끔한 정장 차림의 직원은 오른쪽 어깨에 회사원들이 주로 쓰는 단순한 디자인의 가죽 가방을 메고 쇼트커트를 한 중키의 여자였다. 아니 남자였다. 남자 같은 여자? 여자다운 남자? 한 인간을 판단하는 일에 성별의 중요성을 처음으로 진지하게 고민하며 직원에게 다가갔다. 그 사람은 한눈에 정신을 알아보고 환하게 웃으며 손을 내밀었다.

"이정신 씨죠? 나와주셔서 대단히 감사합니다, 제 이름은 아닌입니다."

"저인 줄 어떻게?"

정신은 질문과 동시에 답을 깨달았다. 이 근처의 사람들 중 정신만이 잠을 갖고 있었다. 아닌은 다 이해한다는 미소로 정신을 응시했다.

"조금 정신이 없으시죠. 일단 버스를 타러 갑시다."

문구점 앞에 버스 정류장이 있다. 아닌은 가방을 추스르며 앞장서서 길을 건넜다. 왼손에 커다란 종이 가방을 하나 든 아닌의 모습은 퇴근길에 집에서 기다릴 아이의 선물을 사서 귀가하는 직장인 같은 분위기를 풍겼다. 아닌의 뒤를 따라 걷던 정신의 코 속으로 매연이나 비 냄새와는 다른 종류의 향이 훅 끼쳐 들어왔다. 거대한 숲속 한복판에 들어선 것 같은 강렬한 나무 냄새. 어느새 정신은 긴장이 조금씩 풀리는 것을 느꼈다.

정류장에서 아닌은 둘이 타고 갈 버스의 번호를 알려주었다. 축 늘어진 잠의 몸뚱이를 추스르며 정신은 버스를 타고 어딜 가는지 물었다.

"제가 설명이 부족했지요? 지금 곧 도착으로 뜨는 저 140번 버스를 타고 상담이 진행됩니다. 운이 좋으시네요, 이 버스가 다니는 노선 가까이에 거주하고 계시니."

"버스 안에서요?"

아닌이 더 설명하려던 순간 타야 할 버스가 정류장에 미끄러지듯 들어왔다.

정신이 사는 동네가 버스 종점과 가까운 곳이라 버스는 텅 비어 있었다. 아닌은 버스 노선도를 가리키며 이 버스가 혜화와 종로, 명동을 거쳐 남산 터널을 통과해 한남대교를 건너 강남으로 들어가는 긴 노선임을 설명했다.

"제가 제일 좋아하는 버스이기도 하지요."

정신과 아닌은 버스 뒤편 2인석에 나란히 앉았다. 정신이 창가 쪽에 앉고 아닌이 그 옆에 앉았다. 잠은 정신이 앉자마자 허벅지 위로 기어올라 정신의 배를 베고 비스듬히 누웠다. 이를 갈며 만족스러운 듯 꿈틀대는 잠에게서 아닌은 눈을 떼지 못했다.

"뵙자마자 말씀드리려 했는데, 정말 아름답네요."

"저한테 하는 말씀은 아니시죠?"

정신의 말에 아닌은 상큼한 미소를 지었다.

"아이를 이 정도로 키워내신 분도 아름답지요, 저희들에게는."

"신기하긴 하네요."

"무엇을 말씀이시죠?"

"제 잠에게 아름답다고 말하는 사람을 태어나서 처음 봤거든요. 그러니까 '이것'이."

"저희 회사에서는 아이들이라 부릅니다. 이정신 씨는 잠이라고 부르시는군요? 아주 좋은 이름입니다. 그럼 저도 잠이라고 불러도 될까요?"

정신은 고개를 끄덕였다. 잠이나 희와 같은 아이-아닌의 용어를 따른다면-를 전문적으로 취급하는 회사 직원이라면 이것을 무서워하거나 무시하지 않고 오히려 숭배에 가까운 태도를 보일 법하다고 생각했다. 아닌은 발아래 내려놓았던 종이 가방에서 상자 하나를 꺼냈다. 문구점에서 흔히 볼 수 있는 선물 상자였다. 자잘한 하트가 빈틈없이 그려진 사각형의 상자를 건네며 아닌은 정신에게 허벅지 위에 올려놓기를 지시했다. 정신이 상자를 받아 허벅지에 놓자 잠은 꾸물대며 몸을 틀었다.

"저는 이 일을 할 때 버스를 가장 선호합니다. 이 상담의 특성상 고객 분들과 나누는 대화들이 특정한 한 장소에 고이는 건 바람직한 일이 아니지요."

아닌은 가방에서 붉은색의 가죽 노트와 만년필을 꺼냈다.

"일단 기본적인 신상명세부터, 이름 이정신, 나이 27세, 프리랜서 일러스트레이터로 활동하시는 중?"

"곧 그만둘 거예요. 아마 내년에 결혼하게 되면."

아닌이 고개를 끄덕이며 노트에 뭔가를 적었다. 정신은 상자 뚜껑을 손가락으로 톡톡 두드렸다.

"이 상자로 뭘 하면 되나요?"

"어렵지 않습니다. 상자 뚜껑 위에 손을 올린 자세로 하고 싶은 이야기를 하시면 됩니다. 정해진 형식 없이 자유롭게. 상자는 절대 열지 마시고요."

버스가 급정거하며 몸이 흔들렸다. 본능적으로 정신은 튀어 오르는 상자와 잠을 동시에 잡았다. 오른손으로 잠의 머리를, 왼손으로 상자의 뚜껑을 눌렀다. 잠은 크게 놀랐는지 반사적으로 정신의 손을 물어뜯으려 했다. 재빨리 뒤통수를 세게 잡자 잠이 발버둥을 쳤다. 이 모든 과정을 아닌은 아무 말 없이 바라보기만 했다.

"혹시 만지거나 하시진 않을 거죠? 제가… 제 잠이 무는 버릇이 있어서…."

"그 정도 예의사항은 당연히 숙지하고 있습니다. 잠의 고개를 돌려 창밖을 보게 하세요."

아닌이 말한 대로 잠을 창문으로 몰아붙이자 금방 얌전해졌다. 버스는 이제 혜화동을 지나 서울의 중심부로 나아갔다. 창밖 거리의 풍경은 단순하게 복잡했다. 수많은 건물과 건물의 간판과 창문들, 표지판, 가로수, 사람들, 눈에 닿는 것

모두가 숫자는 많고 모습은 비슷하여 분별하기 어려웠다. 비가 내릴 것 같은 어두운 하늘이 풍경을 단조롭게 짓눌렀다. 선명한 색이 실종된 세계, 정신의 입 밖으로 단어 하나가 흘러나오고 잠은 이빨로 창문을 두드렸다. 아닌이 바짝 다가앉아 물었다.

"뭐라고 하셨나요?"

"피요."

그들 바로 앞자리에 앉은 남자가 뒤를 돌아 정신이 앉은 자리를 빤히 바라보았다. 잠이 보이지 않는지 남자의 얼굴에 스며 있던 호기심은 곧 사라지고 고개를 돌려 이어폰을 꼈다. 정신은 다시 창밖을 응시했다.

창경궁 입구에서 한 무리의 어린아이들이 몰려나오는 모습을 바라보며 정신은 자기 자신을 초등학생 크기로 작게 만들었다. 회색빛의 복도 바닥에 남아 있던 핏자국, 한 아이가 교실로 뛰어들어 누가 계단에서 굴러 떨어졌다며 소리를 질렀고 정신은 다른 아이들과 사건 현장으로 달려갔다. 분위기에 휩쓸려 엉엉 우는 몇몇 아이들을 제치며 비집고 들어간 곳에 새빨간 피가 커다란 낙서처럼 남아 있었다. 자기처럼 조그마한 아이의 몸에 이렇게 많은 피가 숨어 있다는 사실에 정신은 놀랐다. 뒤늦게 달려온 선생님들이 몰려드는 아이들을 교실로 돌려보내고 쓰러진 아이를 구급차로 데려갈 때까지 정신은 오직 너저분한 학교 복도를 물들인 핏자국만 응시했다.

"그날 집에 가자마자 그림일기를 썼어요. 집에 있던 빨간색 색연필과 크레파스를 부러질 때까지 써가면서 그 피를 그려내려 했죠."

다음 날 그림일기를 검사하던 정신의 담임은 종례가 끝나고 정신을 집에 보내지 않았다. 친구가 피를 흘릴 정도로 크게 다쳤는데 그걸 '예쁘다'는 단어로 표현하는 건 아주 나쁜 일이라고, 특히 피가 흐르는 모습을 그리는 건 정말 나쁜 일이라고 혼을 냈다. 정신은 그 아이가 혹시 죽었냐고 물었다. 담임은 말문이 막혔고 정신은 자기가 그 아이를 다치게 한 사람도 아니고 죽으라고 저주한 것도 아닌데 자신이 그리고 쓰는 건 무엇이든 자유롭지 않느냐고 말대꾸했다. 결국 담임은 정신의 부모님을 학교로 불렀다.

"그게 시작인가요?"

"아마도."

그날 이후로 정신은 온몸에서 피가 흐르는 꿈을 꿨다. 꿈속에서 정신은 어딘가를 향해 걷고 있다. 복도, 인도, 도로,

어떤 길이든 상관없이 맨발로, 땀을 흘리듯 온몸으로 피를 흘리며 걷는다. 꿈속에서 마주치는 사람들은 정신이 보이지 않는 것처럼 피 흘리는 정신을 무시하고 지나간다. 자신이 흘린 피에 젖어 질척질척한 발바닥을 느끼며 정신은 걷는다. 무채색의 꿈속에서 불꽃처럼 타오르는 붉은 피를 느끼며 정신은 웃는다. 뒤를 돌아보면 선명한 붉은빛의 발자국, 그 순간 꿈에서 깨면 잠이 한 조각 눈꺼풀에 남아 덜렁거렸다.

잠은 그렇게 정신의 눈동자에 달라붙어 자랐다.

꿈속 피투성이 몸처럼 끈적거리는 몸체. 눈을 감으면 눈꺼풀 안쪽의 어둠과 같은 빛깔. 가진 것은 날카로운 이빨이 돋아난 커다란 입 하나. 반쯤 굳은 핏덩어리 같은 그것을 정신은 잠이라고 불렀다. 잠에서 깨어난 정신의 눈을 간지럽히거나 정신을 어지럽히는 잠. 스케치북이나 연습장에 정신은 자신의 잠을 그렸다. 종이가 모자라면 책 속지나 광고지 뒷면, 종이 봉투, 텅 빈 종이라면 무엇이든 그 위로 쉬지 않고 그림을 그렸다. 아닌은 혹시 그 그림들이 남아 있냐며 물었고 정신은 어렸을 때 그린 그림들은 어머니가 정기적으로 모아서 버렸다고 답했다. 어머니가 집에 있던 책을 읽다 정신이 그린, 벌거벗은 여자의 손바닥과 발바닥에서 새빨간 잠이 분수처럼 뿜어져 나오는 그림을 보고 기겁한 뒤였다.

잠은 느리게 자라며 이빨이 자라는 간질거림을 주체하지 못하고 주인을 무는 어린 고양이마냥 정신을 물어뜯었다. 피를 볼 때까지 손가락과 입술을 뜯어댔다. 오직 그림을 그릴 때만 잠은 얌전히 정신의 왼팔에 매달려 자신이 그려지는 광경을 지치지도 않고 바라보았다. 정신이 신들린 듯이 그림만 그리자 정신의 어머니는 정신을 미술학원에 보냈고 원장은 일주일 만에 정신을 돌려보냈다. 하늘이든 나무든 무엇을 그려도 붉은색만 쓰는 정신의 손에 탄생한 새빨갛게 그려진 얼굴을 보고 울음을 터뜨린 아이 때문이었다. 아닌이 큰 소리로 웃었다.

"붉은 얼굴의 초상화 꼭 한번 보고 싶네요."

큰 소리로 웃으면서도 아닌의 손은 쉬지 않았다. 정신이 앉은 자리에서 아닌이 노트에 무슨 내용을 쓰는지 알 길이 없었다. 메모를 하며 아닌은 피를 좋아하는 습성이 아이들에게 보편적이라고 설명했다.

"그렇다고 정신 씨의 잠이 특별하지 않다는 건 아닙니다. 보통 아이들은 생각보다 빠르게 사라지지요."

펜의 움직임이 멈췄다. 아닌의 시선이 잠을 향했다. 고양이에 매혹된 자가 우연히 마주친 길고양이를 한 번만 쓰다듬고픈 욕망이 그 시선 속에 깊게 배어 있었다. 만지면 위험하다는 경고를 반복할 필요는 없었다. 빠르게 전환되는 텔레비전 화면처럼 아닌의 얼굴은 다시 성실한 사원으로 바뀌었다.

"주기적으로 아이들에게 피를 공급할 수 있게 되면 굉장한 성장을 이뤄냅니다. 여성의 월경 같은."

"역시, 그때부터 눈에 띄게 자라더라니."

잠의 동그란 머리통을 바라보다 정신은 허리를 폈다. 버스는 만원이었다. 정신과 아닌이 앉은 자리 옆으로 등산복 차림에 배낭을 멘 아주머니가 무표정하게 그들을 바라보고 있었다. 그녀의 눈에 잠이 보일지 정신은 확신할 수 없었다. 정신의 어머니는 보지 못하는 쪽이었다.

"도대체 뭘 그리는 건데?"

명확한 설명을 요구하는 어머니의 명령에 정신은 복종하지 않았다.

아주머니의 표정은 무심했다. 정신은 아닌에게 중년이나 노년 고객도 있는지 물었고 아닌은 그런 질문을 했다는 사실 자체에 놀라워했다.

"아이를 낳지 못하는 인간이 존재하나요?"

정신은 말문이 막혔다. 대화가 잠시 끊기고 아닌은 노트를 뒤적였다. 한참을 읽던 아닌은 유통기한이 지난 이야기 하나를 공개하겠다며 자신이 예전에 맡았던 고객의 사연을 하나 들려주었다.

"그 고객님은 아이를 달고 사는 남자의 어머니였습니다. 마트 캐셔로 일하며 홀로 아들을 키우시던 분이었죠. 상담을 하러 오셨는데 사진 속 아들의 온몸이 멍투성이에 딱지가 안 진 곳이 없을 정도로 심각한 상태였습니다. 아들의 아이가 엇나가 지나친 피를 요구한 탓에 스스로를 폭행한 흔적이었죠. 고객님은 독실한 교인이셔서 아들에게 들러붙은 '악령'을 떼어 달라고 호소하셨습니다. 수많은 병원과 교회와 단체들을 거쳐 저희까지 찾아내신 것이죠. 고객님이 증거로 촬영한 영상 속 남자의 상태는 심각했습니다. 정신 씨의 잠은 아주 얌전한 케이스인 걸 아시겠어요? 그 고객님 같은 경우에는 아이를 소유한 본인이 찾아온 게 아니어서 작업이 굉장히 까다롭고 거부 반응도 엄청났습니다. 최악의 사태를 각오해야 한다는 제 설명에 고객님은 자신의 양 손목을 보여주시며 말씀하셨어요."

아닌은 정신의 눈을 똑바로 바라보았다.

"이건 어머니로서 자신의 아이에게 줄 수 있는 마지막 사랑이라고."

정신은 고개를 끄덕이며 잠의 머리를 가만히 쓰다듬었다. 머릿속에 이미지 하나가 떠올랐다. 양팔을 벌리고 우뚝 서서

제 몸에 흐르는 핏물을 아들에게 먹이는 어머니.

"그 이야기는 마음에 드네요."

아닌이 미소를 지은 것과 동시에 손을 뻗어 잠을 어루만
졌다. 정신은 조심스럽게 자신의 손을 치웠다. 잠은 순순히
제 몸을 쓰다듬는 아닌의 손을 물거나 발버둥치지 않고 작
게 그르렁거렸다. 만족스러운 미소와 함께 잠을 어르는 아닌
을 보며 정신은 자신의 옆에 앉은 사람이 이 분야의 전문가
라는 사실을 받아들였다.

"그때 사건 이후로 아이를 키우는 것도 떠나보내는 것도 모
두 같은 마음이다, 라는 태도로 이 일을 계속하고 있습니다."

"그 일은 잘 끝났나요?"

"제가 회사에서 꽤 높은 직급이라는 사실만 말씀드리면
대답이 될까요?"

정신과 아닌이 화기애애한 분위기 속에서 이야기를 나누
는 동안 버스는 한강을 건너 빌딩의 숲으로 미끄러져 들어
갔다. 열차가 플랫폼에 들어서듯 버스들은 도로 중앙 버스정
류장으로 몸에 맞는 옷을 입는 것처럼 정차했다. 잠을 쓰다
듬던 손가락을 들어 아닌은 창밖에 가장 높은 빌딩 하나를
가리켰다.

"저기가 우리 AOSEP의 본사입니다."

정신의 표정을 보며 아닌은 자신의 장난이 성공한 아이 같은 웃음을 터뜨렸다. 자신이 설명할 때마다 고객들이 보여주는 표정을 관찰하는 것도 이 버스를 좋아하는 이유 중 하나라고. 비늘로 뒤덮인 승천하는 용처럼 하늘 높이 솟아오른 빌딩의 전면 유리들을 응시하며 정신이 말했다.

"제가 지금 하는 생각을 선입견이라고 부르는 거죠?"

"뭐, 이 사업이 일반적인 일은 아니니까요. 하지만 지금부터는 조금 일반적인 설명을 시작하겠습니다."

가방에서 서류 봉투 하나를 꺼낸 아닌은 박스를 책상 삼아 종이 뭉치를 올려놓았다. 계약서의 형태를 가진 종이 위로 밑줄을 그어가며 아닌은 사무적인 설명을 시작했다. AOSEP(사)가 '아이'를 구매하고 관리하는 목적과 이유에 대하여, 관리 방식, 구매 및 판매 방법, 금액 지불 방식(현금 영수증 발급 가능), 지불 날짜, 기타 주의사항, 그중 몇몇 문장에 아닌은 별표를 쳤다.

2. 한 번 분리된 '아이'는 본사로 귀속된 것으로 간주하여 '주인'과 재결합이 불가능하다.

3. 계약이 체결되기 전까지 본사는 '주인'에게 '아이'에 대한 상세한 설명을 통해 '주인'의 능동적인 결정을 이끌어낼 의무

가 있다.

5. 단, 본사는 '아이'의 이후 거처에 대한 안내 의무는 없다.

8. '주인'과 '아이'의 분리 작업은 이야기와 상자를 활용한 형식으로 진행된다.

10. 판매 금액은 본사 파견 직원의 재량하에 현장에서 책정, 계약 체결 후 즉시 지급된다.

10번을 설명하며 아닌은 노트 맨 뒷장을 펼쳐 만년필로 정신의 잠을 판매할 경우 지급될 금액을 적어 보여주었다. 0의 개수를 헤아리던 정신은 이번에야말로 어떤 선입견이 산산이 부서지는 것을 느꼈다. 이 금액이 진짜라면 정신은 큰 무리 없이 K와 함께 살 집을 구할 수도 있었다. 놀라움에 얼어붙은 정신에게 아닌은 금액 협상도 얼마든지 가능하다며 초조한 목소리로 덧붙였다.

"이렇게 잘 성장한 아이를 저희 측에서도 놓치고 싶지 않아서요. 이해하시나요?"

자신의 이야기를 하든지 말든지 무심한 몸놀림으로 버스 창밖을 바라보는 잠을 바라보는 정신은 자기 자신을 바라보았다. 이 아이가 그만큼의 가치를 지니고 있다면, 왜 나는 잠과 함께 그 정도로 가치 있는 일을 해내는데 실패했을까.

버스는 순식간에 반환점을 지나 길가에 멈춰 섰다. 기사가 정신과 아닌을 향해 손님들은 왜 안 내리냐며 소리쳤다. 아닌이 기사에게 다가가 뭐라고 속삭이는 모습을 정신은 명하니 바라보았다. 기사의 웃음소리, 다시 걸린 시동, 버스에 설치된 텔레비전 화면에 불이 들어오고 그 속에서 사람들이 춤을 춘다. 유턴한 버스가 지나온 길을 거꾸로 나아가면서 정신의 시간 역시 반대로 흘렀다.

창문, 중학생인 나는 창밖으로 상반신을 내밀어 바닥을 내려다본다. 내일 체육시간에 허들 넘기로 수행평가를 본다는 말에 반 아이들이 다 보는 앞에서 허들에 발이 걸려 넘어져 비웃음의 대상이 되는 일과 지금 창밖으로 몸을 던져 내일이 오지 않는 일 중 뭐가 더 중요할지 가늠하고 있다. 잠이 두 다리 사이로 파고들어 간지럽힌다. 간지러움이 배 안쪽까지 퍼져 온몸에 식은땀이 났다. 야, 그때 반에서 유일하게 말을 걸어주고 가끔 점심도 같이 먹어주던 짝이 내 팔을 잡아당기며 제자리에 앉혔다.

"너 샜어."

종이, 만화부 동아리 입부신청서를 엄지와 검지로 집어 들고 내 얼굴 앞에 흔들던 담임, 내가 생각이 없다, 고1부터 정신 안 차리면 평생을 망친다, 만화로 대학 잘 가는 애

140번 버스의 아이들

를 30년 교직생활에서 한 번도 본 적 없다, 따위의 말에 잠이 으르렁대며 튀어 올라 입부신청서를 낚아챘다. 3년 내내 담임 앞에서 종이를 갈기갈기 찢어 얼굴에 던진 '미친 개'로 찍혔다. 잠은 상당히 만족스러워했다.

텔레비전, 고시원의 한 뼘 방을 견디기 위해 항상 틀어놓았던 주먹만 한 구형 텔레비전. 쉼 없이 바뀌는 화면에 마취되어 잠이 얌전해지면 다리가 삐져나온 작은 침대에 웅크리고 쪽잠을 잤다. 가끔 눈이 시려 텔레비전을 끄면 어쩔 줄 모르던 잠이 내 몸에 올라타 보이는 대로 깨물었다. 발가락과 손가락, 종아리에서 허벅지, 털이 무성한 곳들, 배, 배꼽을 통해 안쪽으로 파고들어 위장을 타고 목구멍까지, 혀, 입술, 쇄골에서 젖꼭지로, 몸부림치다 벌떡 일어나 책상에 앉아 학원 폐휴지 함에서 챙겨온 이면지에 그림을 그리고 짤막한 글을 썼다. 손이 가는 대로.

노트, 유명한 화가들이 썼다던 유명 브랜드의 노트, 자글모 모임에서 생일인 회원에게 그 노트를 선물했다. 그림과 함께 글을 써서 에세이집을 만들려고 했지. K도 내 생일에 같은 노트를 선물해줬어. 내가 그림 그리는 모습을 보는 게 좋다던 K, 작가가 되고 싶다는 희, 잠을 그린 내 그림과 어우러진 글이 너무 좋다고 칭찬했던 사람들. 두 권의 노트는 포장도

뜯지 못하고 책상 위에 올려놓았어. 모두 거짓말이었으니까.

정신은 아닌의 얼굴을 바라보았다. 만년필로 계약서를 톡톡 두드리던 아닌이 마주보았다. 후드 티 주머니에 넣어 왔던 A4 뭉치들을 건네자 아닌은 미리 약속한 것처럼 자연스럽게 받았다. 정신이 10년 넘게 그리고 썼던 작품들 원본이었다. 자신이 미처 하지 못한 이야기가 거기 다 들어 있다고 설명한 정신은 마지막으로 왜 이 자리에 오게 되었는지 말을 꺼냈다. 종이 가방에 정신의 작품들을 조심스럽게 넣은 아닌이 노트를 펼쳤다.

"희와 만난 뒤에, 집으로 가는 대전행 열차를 타러 승강장으로 내려갔어요. 잠을 종아리에 매달고 질질 발을 끌면서, 내가 타야 할 열차가 정차한 승강장을 찾아, 에스컬레이터를 타고 아래로 내려가는데 서울역이 진짜 크고 넓고 공장 같고 지붕 같고, 그 많은 기차가 혼동 없이 제자리를 찾아 미끄러져 들어가는데, 할 수만 있다면 하루 종일 거기 서서 열차가 들어오고 나가는 모습만 보고 싶었어요."

충돌도 어긋남도 하나 없이 자신이 있어야 할 자리를 찾는 열차들이 그려내는 풍경은 숭고했다. 정신은 자신이 그리고 싶었던 풍경이 바로 이것이었음을, 그리고 자신은 절대 그려낼 수 없다는 진실을 깨달았다. 정신에게 그걸 그릴 만한 재능이 없었기 때문에, 애초에 그 그림은 정신의 것이 아니었기 때문이다. 잘못된 플랫폼에 정차하려다 큰 사고가 나기 전에 정신은 정신을 차려야겠다고 결심했다.

"마지막 말은 농담이에요."

싱긋 웃으며 정신은 계약서에 서명했다. 계좌번호를 적어넣고 계약서를 건네는데 상자가 묵직해진 것이 느껴졌다. 정신의 무릎 위로 상자만 덩그러니 남아 있었다. 살짝 들어보니 두툼한 책과 같은 무게감이 느껴졌다.

아닌은 상자를 그대로 자신에게 넘겨 달라고 말했다.

"뚜껑은 절대로 여시면 안 됩니다."

왜냐고 묻지 않고 정신은 상자를 아닌에게 넘겨주었다. 정신의 손을 떠난 상자는 종이 가방으로 들어갔다. 아닌이 계약서 사본과 영수증을 봉투에 넣어 정신에게 주었다.

"딱 본사 도착 직전에 일이 끝났네요. 역시 이 버스가 제일 깔끔하다니까."

정신과 악수한 뒤 아닌은 가방과 종이 가방을 챙겨 먼저 내렸다. 정신에게 손을 흔드는 아닌의 모습이 서서히 멀어지면서 창문에 한두 방울 가느다란 물방울이 맺혔다. 비가 내리기 시작했다.

한남대교 전망 카페 역에서 내린 정신은 고개를 들어 하늘을 바라보았다. 구름 뒤편에 숨은 누군가 분무기를 뿌리는 것 같다. 세찬 소나기를 기대했지만, 아예 거대한 태풍이 불어닥쳐 모든 것을 휩쓸어가길 바랐지만, 정신에게 주어진 것은 비라고 부르기 애매한 이슬비였다. 우산을 쓰기도 민망한. 차라리 새빨간 노을이라도 볼 수 있다면, 어릴 적 잠 속에서 스스로 흘린 그 피 색깔처럼 불타는 빛의. 그러나 하늘은 잿빛이고 정신은 더 이상 붉은 꿈을 꾸지 않는다.

다리를 향해 걷던 정신은 몸이 가벼워진 것에 새삼스레 놀랐다. 어디로도 갈 수 있겠어, 라고 중얼거리며 정신은 가장 먼저 온전히 자신의 두 다리로 다리를 건너보자며 한남대교를 향해 걷기 시작했다.

국가고시

"어떡하지, 길이 불타고 있어."

　희숙 언니의 목소리가 나를 깨웠다. 책상 위로 엎드렸던 몸을 일으키자 아침으로 먹은 샌드위치의 햄 냄새가 비릿하게 넘어왔다. 언니는 자리에서 일어나 반쯤 열린 창밖을 보고 있었다. 제대로 닦인 적 없을 노량진 한복판의 유리창이 누런 때로 얼룩덜룩했다.

　"이 일을 어떡하면 좋니?"

　나는 최대한 뒷자리 책상에 몸이 닿지 않도록 의자에서 일어나 언니 뒤에 서서 언니의 시선을 따라갔다. 학원 맞은편 길가에 줄지어 선, 컵밥이나 떡볶이 따위를 파는 노점 중

하나가 불에 타고 있었다. 새빨간 불꽃은 10층 높이에서 내려다보는 시선 아래 덩어리진 하나의 생명체처럼 느껴졌다.

"다친 사람이 있을까?"

두 손을 포갠 자세로 화재 현장을 바라보는 희숙 언니는 누군가에게 기도를 드리는 것처럼 보였다.

"소방차 사이렌 소리가 들리네요. 곧 진압되겠죠."

강의실에서 언니와 나를 제외한 수험생들은 자리에 앉아 책을 보거나 문제를 풀고 있었다. 고개를 숙인 이들은 우리의 소란을 암묵적으로 책망하는 것 같았다. 재빨리 자리에 앉으려다 무릎으로 책상을 건드려 필통이 바닥에 떨어졌다. 허리를 숙여 책상과 의자 사이 비좁은 틈 사이로 펜을 줍던 나는 갑작스럽게 치미는 짜증에 숨이 막혔다.

"소방차도 올 거고 쌤도 올 텐데 자리에 앉는 게 좋겠어요, 언니."

내 말이 끝나기 무섭게 K 강사가 모습을 드러냈다. 천장에 달린 수십 개의 모니터가 단 한 개의 창백한 얼굴을 비추었다. 언니는 자리에 앉았다. 300명이 앉은 강의실에 K 강사의 목소리만이 울려 퍼지는 사이로 소방차 사이렌 소리가 비명처럼 비집고 들어왔다.

"저기요, 창문 좀 닫아주세요."

우리 뒷자리에 앉은 수험생이 우리를 향해 속삭이듯 말했다. 언니는 책을 펴지도 창문을 닫지도 않았다. 멍한 얼굴로 앞을 바라볼 뿐이었다.

"저기요?"

결국 창문을 닫는 사람은 나다.

"죄송합니다."

창문이 닫히고 사이렌 소리가 멀어졌다. K 강사는 올해 출제될 확률이 높은 문제들을 설명하기 시작했다. 나는 모니터 속 칠판 필기를 급하게 받아 적었다. 현장 강의인데 인터넷 강의를 듣는 기분이었다. K 강사는 현장 강의만을 고집했고, 수험생들은 그의 수업을 듣기 위해 전국에서 이곳으로 몰려들 수밖에 없었다. 국가고시를 준비하는 수험생들.

국가고시는 일 년에 딱 100명의 합격자만을 뽑는다. 국가고시에 합격한 100명의 이름과 합격 소감이 매해 1월 1일 신문 제1면에 실린다. 1차 필기시험과 2차 심화논술, 3차 적성면접까지 시험 기간만 3달이 넘는 시험에 평균 10만 명 이상의 사람들이 응시했다.

내가 국가고시를 준비하기로 결심했을 때, 엄마는 다시 한 번 더 생각해보라고 했다. 고시 공부만 10년 넘게 준비하는 사람이 수두룩하다더라, 뉴스를 보니 이 시험 때문에 자살한 사람이 있다더라, 옆집 미용실 아들은 고시 준비하다 결혼도 못하고 노총각이 되었다더라.

"너 그거 붙어서 뭐 하려고 그러니?"

합격한 사람들이 국가에서 어떤 일을 맡게 되는지 정확히 아는 사람은 없었다. 합격자들은 국가 기밀을 다루기 때문에 외부에 업무가 노출되면 안 된다는 소문이 퍼졌다. K 강사는 자기가 10년 전 국가고시에 합격했었고, 아주 중요한 업무를 맡았으나 업무의 성격상 자세히 설명할 수 없다고 말했다.

"합격해서 뭐 하는지 그게 뭐가 중요해? 중요한 건 이거다. 이 시험에 너희들이 합격하느냐, 하지 못하느냐. 합격부터 하고 따지라고. 내가 시키는 대로만 잘 따라오면 당당히 따질 수 있다."

K 강사의 말에 따라 수험생들은 그의 농담이라도 조사 하나까지 받아 적고 달달 외웠다. 300명까지 수용 가능한 강의실 네 개가 빈자리 하나 없이 꽉 찼다. 1000명이 넘는 사람들이 단 한 명의 얼굴을 바라본다.

"이 시험엔 룰이 있다. 규칙, 규칙 알지? 내가 사라는 책만 딱딱 사서 외우라는 거 다 외우면 규칙은 금방 익숙해진다."

다행히 언니는 정신을 차렸는지 노트를 꺼내 K 강사의 말을 빠르게 받아 적기 시작했다.

오전 수업이 끝나고 식욕이 없다는 언니를 잡아끌고 밖으로 나왔다. 학원 정문에서 건너편 화재 현장이 적나라하게 보였다. 불은 진작 잡히고 시꺼먼 덩어리가 된 노점 잔해들 앞으로 소방대원들과 경찰들이 바삐 움직이고 있었다. 희숙 언니는 고개를 푹 숙이고 나를 따라왔다. 화재 현장을 빙 돌아 '우리가 자주 가는 분식집'이라는 이름의 분식집에 들어갈 때까지 언니의 침묵은 계속되었다.

분위기를 바꾸는 것 역시 내 역할이다.

"봐요 언니, 언니의 식사 선택 주제는 쌀이라 쌀 떡볶이를 시키고, 저는 밀가루니까 라면을 먹고, 저번에 카페에서 부리토를 찾는 언니를 보며 쌀이라는 주제를 사수하는 언니에게서 통일성을 느꼈다고요."

내 수다에 언니가 흥미를 조금 보였다.

"보통 메뉴 선택에 일관성이 있다고 하지 않니?"

"언니, 일상에서도 고시 용어에 익숙해져야 시험장에서 자연스럽게 술술 나오죠. 오늘 강사님이 '통일성'을 강조했잖아요. 시험에 자주 나오는 말이라고. 또 하나, 여기 언니의 쌀 떡볶이를 보면, 떡에 어묵과 계란과 파와 빨간 국물까지 떡볶이의 '내적 근거'를 잘 갖추고 있다는⋯."

끝내 언니는 내 말에 미소를 지었다. 머리칼을 귀 뒤로 넘기며 은은하게 미소 짓는 언니의 모습은 수다를 떨어낸 보람을 느끼게 했다. 입가에 고춧가루 하나 묻히지 않고 떡볶이를 입에 넣는 언니를 바라보며 나는 라면을 먹다 스웨터에 튄 국물을 휴지로 훔쳤다.

"연이는 올해 시험 꼭 붙을 거야."

언니의 말에 나는 신이 났다.

"언니! 겨우 고시 발만 담근 재수생이 오래 공부한 장수생들 앞을 어찌 추월할 염치가 있겠어요?"

"공부만 오래 한다고 국가고시에 합격한다는 보장은 없지."

"언니도 올해 꼭 붙을 거예요."

"연아, 나는 잘 모르겠어. 이 시험."

나는 하려던 말을 삼키고 언니처럼 조용한 미소를 지었다. 내가 알기로 희숙 언니는 아버지의 뜻에 따라 국가고시에 발을 들였다고 했다. 국가고시에 합격한 사람들은 무슨 일을 하던 결국 국가 고위직과 연결되기 때문에 딸의 고시 합격을 간절히 바랐다고 장현 선배는 내게 말했었다.

"너는 아니? 내가 무얼 하고 싶은지."

"저는 모르죠. 저는 언니가 아니잖아요."

"그렇지, 나도 나를 모르겠는데 누가 알까."

올해 다섯 번째 시험을 앞두고 있을 것이라 생각되는 언니의 얼굴은 한창 타오르는 불길보다 이미 다 타버린 잿더미에 가까웠다. 언니의 미소는 탐나도록 우아하지만 잿빛의 눈동자는 사양하고 싶었다.

학원으로 가는 길에 언니에게 캔 커피 하나를 건넸다. 노량진의 마트에서 세 캔에 천 원으로 파는 파란색 캔 커피였다. 카페인을 보충하고 열심히 수업을 듣자는 내 말에 대답 없이 캔을 받아드는 언니의 손은 힘이 없었다.

"우리 열심히 해서 올해 꼭 붙어요, 언니."

내 말에 웃는 언니의 미소는 손 안의 캔 커피처럼 미지근했다. 그 미소마저 화재 현장을 다시 한 번 지나칠 때 빠르게 사라졌다. 언니의 주의를 돌리기 위해 나는 학원 정문 앞을 가리켰다.

"오늘도 어김없이 왔네요."

제 몸 반만 한 피켓을 든 그 사람은 K 강사의 수업이 있는 주말마다 학원 정문 앞에서 1인 시위를 했다. 검은색 코트를 입고 커다란 트렁크를 벽에 기대 놓은 채 '불공정한 국가고시 out'이나 '국가고시에 희생된 목숨들을 기억하라' 따위의 문구가 적힌 피켓을 들고 서 있었다. 코트가 몸에 비해 지나치게 큰 것 같았다. 신호등 불이 바뀌고 길을 건너 학원으로 향하는 사람들과 부딪치지 않는 일에 정신이 팔려 언니가 내게 뭐가 말한다는 사실을 한발 늦게 알아차렸다.

"나 잠깐 뭐 좀 사러 가야 해서, 먼저 올라가겠니?"

내가 대답할 틈도 주지 않고 언니는 내게서 등을 돌려 빠르게 멀어졌다.

나는 양손에 캔 커피를 한 개씩 쥐고 강의실로 돌아왔다. 책상에 앉아 교재와 노트와 세 가지 색의 펜과 형광펜과 포스트잇과 휴지와 커피까지 한 상 가득 차려놓으니 마음이 안정되었다. 수험생의 책상은 빈틈이 없어야 한다. 잡생각이 끼어들 빈틈을 허용하지 않도록. 희숙 언니의 책상엔 교재도 없이 노트와 펜 한 자루만 놓여 있었다. 언니의 붉은 가죽 가방은 보이지 않았다. 뭘 사러 갔을까, 무의식중에 생각하며 필기는 제대로 하고 있는지 궁금해진 나는 언니의 노트를 뒤적였다.

그곳에 K 강사의 말은 없었다. 언니의 글이 있었다.

아무도 일어서서 내가 보는 것을 보지 않는다.

불이 났어!

내가 외치면 그들은 내게 말한다.

불이야? 그럼 기뻐해.

불, 불이란 희생과 재생의 메타포로 수많은 작품에서 붉은
색 이미지를 모아보면 알 수 있지, 재작년 기출문제 3번 답으
로 절반 이상의 학원 강사들이 풀이한 내용으로….

그렇게 우리는 다 함께 타오른다.

나는 보는 존재, 그들은 말하는 존재,

신은 우리에게 보고 말하는 능력을 동시에 주지 않았다.

보는 이는 보기만 하다 불꽃에 스러지고

말하는 이는 목소리를 높이다 연기에 질식해 쓰러진다.

우리는 단 한 가지만을 갖고 태어난다.

"근데 넌 왜 그렇게 희숙이한테 집착하냐."

다음 날 원룸 앞 호프집에서 장현 선배가 내 잔에 맥주를
따르며 물었다.

"말하면 안 믿을 텐데."

"들어는 보자."

"노량진 가는 지하철에서 언니를 우연히 만났어요."

"그래, 네가 공부만 하더니 드디어 이렇게 됐구나."

손가락으로 원을 그리며 관자놀이를 가리키는 선배를 향
해 나는 정색했다.

"저는 희숙 언니로 거짓말은 하지 않아요."

작년 11월 국가고시 1차 합격자 발표가 난 다음 날 나는 집을 나왔다. 긴 설득 끝에 엄마에게 보증금을 받아 노량진 근처 원룸을 구했다. 30인치 캐리어 가방을 끌고 1호선 지하철을 탔다. 출입문 바로 옆자리에 앉아 내가 풀었던 1차 문제를 복기했다. 나름대로 자신 있게 답을 썼다고 생각했는데 무엇이 문제인지 감이 잡히지 않았다. 시험 범위는 '한국인이 가져야 할 일반 상식', 그러니까 세상 모든 것이 다 시험에 나올 수 있었다. 부족한 문제 분석력, 더 쌓아야 할 공부, 악필, 1차 시험 당일 먹었던 음식 하나까지 기억에서 끌어내 세세하게 분리해 나를 재구축했다. 올해 국가고시 학원가에서 가장 유명해진 K 강사의 1년치 학원비가 얼마일지 계산하기 시작했다. 얼얼한 정신으로 멍하니 앞을 보는데 내 앞에 선 사람의 가방이 눈에 띄었다. 붉은색의 네모난 새첼백으로 내가 오랫동안 갖고 싶었던 가방이었다. A대학 독서 동아리 회장이었던 희숙 언니가 사시사철 제 몸의 일부처럼 가지고 다니던 가방. 내 시선은 자연스럽게 가방에서 가방 주인으로 향했고 거기 희숙 언니가 서 있었다.

어? 반사적으로 터져 나온 놀람에 언니가 나를 보았다.

어? 언니는 내가 누군지 바로 알아보지 못한 것 같았다.

"저 언니 '북적북적' 회장하실 때 가입했던 새내기인데,

이 연이라고… 기억나시나요?"

"아, 연이구나!"

다행히 언니는 나를 보고 내 이름을 정확히 발음해주었다.

"거기서 잠깐, 이름이 뭐?"

장현 선배가 끼어들고 나는 새침한 표정으로 선배를 바라보았다.

"선배는 기억 못하는구나? 제 성은 이, 이름은 연, 연꽃의 연, 이년이 아닌 이, 연, 소중한 이름 정확한 발음으로 부탁드립니다."

내게 질문해놓고 맥주를 마시던 선배는 맥주를 뿜어가며 낄낄대고 웃었다.

"이, 연. 그래 이연아, 그걸 내가 왜 까먹었을까, 이연아."

"제 소중한 이름 함부로 말하지 마시라고요, 선배는 애초에 저한테 관심이 없었으니까."

내게 장현 선배란 과거와 현재를 이어주는 존재로 가치가 있다. 나는 대학에 갓 입학한 새내기고 희숙 언니는 동아리 회장, 선배는 동아리 회원이자 언니의 연인이었던 시간과 지금을. 나를 북적북적 동방에 끌고 간 사람은 같은 과 동기였다. 동기는 신입생 환영회 날 집으로 가는 지하철 방향이 같다는 이유로 친해진 사이였는데 대학생이 되었으니 많은 책

을 읽어야 한다는 고전적인 이유로 독서 토론 동아리에 입부
했다. 그리고 생각보다 심심하다며 나를 데려갔다. 그날 나
는 오후 교양수업 하나만 남겨두고 있었다. 학생회관 2층의
동방 문은 반쯤 열려 있었고 앞서 걸어가던 사람은 나였다.

희숙 언니가 책을 읽고 있었다.

직사각형의 동방은 가운데 기다란 테이블과 의자들이 놓
이고 한 쪽 벽에 책장과 컴퓨터가 놓인 책상이, 나머지 두 벽
면에 기역자 모양으로 소파가 놓인 구조였다. 언니가 앉은
자리는 문과 마주보는 소파로 등 뒤에 창문이 있어 오후의
햇빛이 쏟아졌다. 빛을 등진 희숙 언니의 존재는 안으로 들
어가던 나를 우뚝 서게 만들었다. 그건 나를 위해 준비된 그
림이었다. 흰 셔츠에 검은 스키니 진을 입고 긴 머리는 느슨
하게 묶어 왼쪽 어깨로 늘어뜨린 모습으로 책을 읽는 언니
의 주변으로 떠도는 먼지들이 봄볕에 반짝였다.

"무슨, 후광 받은 성녀인 줄!"

뒤따라 들어온 동기의 호들갑에 그림은 깨졌다. 동기는
이 성녀가 우리 회장님이라며 요란하게 소개했다.

언니는 고개를 들어 나와 내 뒤의 동기를 차례로 바라보
며 미소했다.

"봄 햇살이 따뜻해. 안녕, 그리고 안녕."

언니의 인사를 받으며 그때의 나는 할 수 있는 최대한의 미소를 짓기 위해 최선을 다했다. 창밖으로 만개한 벚꽃 향기가 흘러들어왔다.

장현 선배를 처음 본 기억은 희미하다. 선배는 한 달에 한두 번 동방에 올까 말까 한, 소문에 가까운 존재였다. 희숙 언니가 장현 선배와 사귄다는 사실을 알게 될 때까지 선배는 내게 등록금 인상 반대 집회보다도 무의미한 존재였다. 언니를 처음 만났던 봄이 지나고 여름으로 기울어지던 어떤 하루, 그날은 비리를 저지른 대학 총장 퇴진을 요구하는 집회와 북적북적 정기 세미나가 겹친 날이었다. 동방엔 나와 언니를 제외하고 서너 명만 나와 있었고 언니의 표정은 밝지 않았다.

"얘들아, 우리 어떡해야 할까?"

《천 개의 고원》이라는, 손에 들고 다니다 떨어뜨리면 발등에 금 가기 딱 좋은 1000쪽 가량의 철학책이 토론의 주제인 날이었다. 나는 포스트잇이 덕지덕지 붙은 책이 잘 보이도록 테이블 위에 올려놓고 그 옆에 3쪽 분량의 발제지를 나란히 둔 채 세미나가 시작되기만을 기다리고 있었다.

"오늘은 우리끼리라도 하자."

내 앞에 지금은 기억나지 않는 다른 선배가 입을 열었다.

나는 동의의 뜻으로 고개를 끄덕였다. 언니는 고개를 저었다.

"나는 세미나를 말한 게 아니라…."

동방 문이 세차게 열렸다. 나는 언니의 시선을 따라 문으로 고개를 돌려 우리를, 정확히는 희숙 언니를 잡아먹을 듯이 노려보는 장현 선배의 얼굴을 봤다.

"야 박희숙, 너 지금 여기서 뭐 해."

그제서야 장현 선배의 손에 피켓이 들린 것을 발견했다. 언니 옆에 앉은 다른 선배가 집회 문제로 동아리 어지럽히지 말라 소리쳤다. 그 선배 말이 끝나기도 전에 장현 선배는 거침없이 동방으로 들어와 언니를 끌고 나갔다. 자리에 앉아 있던 나는 선배가 든 피켓에 머리를 맞았다. 놀라 벌어진 입처럼 열린 동방 문을 향해 조금 전 경고하던 선배가 투덜거렸다.

"쟤넨 아직도 저럴까, 자기들 연애 문제를 왜 여기까지 끌어들여?"

옆에서 다른 선배가 그게 무슨 소리냐고 물었고 그때 나는 언니와 선배가 사귀고 헤어지고를 반복한다는 이야기를 처음으로 듣게 되었다.

내 말에 장현 선배는 씩 웃었다.

"그때 내가 좀 강렬했냐?"

"사람이 극적으로 등장하면 강렬한 인상을 남긴다는 사실은 확실하네요."

그 뒤로 내가 동아리를 탈퇴할 때까지 장현 선배는 종종 세미나 뒤풀이 자리에 등장했다. 희숙 언니와 장현 선배가 나란히 앉아 있는 모습을 보며 나는 그때 궁금했으나 묻지 못했던 것을 지금 선배에게 물었다.

"근데요 선배, 좀 신기하지 않아요?"

"뭐, 우리 사이가?"

"언니는 어쩜 그렇게 남 이야기를 잘 들어주는 걸까요?"

선배는 대답 대신 두 마리째 주문한 치킨이 나오자 닭다리 하나를 집어 먹는 일에 열중했다. 나는 가만히 앉아 선배를 응시했다. 언니는 상대가 누구든 자기 앞에 앉은 사람의 얼굴이 까다로운 철학책이라도 되는 것처럼 끈질기게 응시하는 사람이었다. 선배의 지금 모습을 언니가 본다면 어떤 생각을 할지 궁금해졌다. 선배는 언니와 완전히 헤어진 뒤 졸업하자마자 국가고시 1차까지 붙었고, 다음 해 미련 없이 유명 보험 회사에 입사하더니 올해의 보험왕 타이틀을 매년 받아내며 순조롭게 승진을 거듭했다. 운명의 그날 이후로 나와 선배는 한 달에 한 번 꼴로 만나면서 선배가 승진하고 연애하고 결혼하는 과정을 빠짐없이 지켜보는 사이가 됐다. 선배는 자연스럽게 내게 청첩장을 건넸고 나는 당연하게 선배의 결혼식에 갔다.

습관처럼 유지되는 이 관계의 모범 답안이 무엇인지 생각하는 사이, 입가에 번들거리는 기름을 묻힌 선배와 눈이 마주쳤다.

"나 지금 완전 소름 돋았어."

"왜요?"

"너 지금 표정이 완전 희숙이랑 똑같았어."

내 표정이 한순간에 무너졌다.

"희숙 언니 얘기를 꼭 그렇게 기름 묻히고 해요? 드러워 죽겠네."

선배가 먼저 샤워하는 동안 텔레비전을 켰다. 오늘 각기 다른 도시에서 동시에 일어난 화재 사건을 보도하는 뉴스가 흘러나왔다. 기자는 작년 노량진에서 있었던 10층 규모의 학원 건물이 전소한 대형 화재 사건을 언급하면서 화재경보 시스템 점검, 비상구 등 피난기구 설치, 소방안전수칙 습득을 언급했다. 비상구가 막혀 화재 현장에서 빠져나오지 못한 사람들의 새하얀 손자국이 찍힌 까만 벽이 자료화면으로 나오고 있었다. 나는 급히 텔레비전을 껐다.

보는 존재와 말하는 존재.

생각할수록 말이 안 된다. 나는 지금 뉴스 화면을 보면서, 불이 났다고 말할 수 있다. 불이 나는 건 생각보다 흔한 일이다. 지금도 내가 모르는 어딘가의 집이나 빌딩, 산이나 숲이 타오르고 있을지 모른다. 《국가고시에 반드시 나올 기본상식 1000개》 책에서 읽은, 성경에서 신이 자신을 향한 신앙을 증명하라며 자식을 태워 제물로 바치라는 말을 들은 남자 이름이 뭐였더라? 노점 주인이 신에게 신앙심을 보여주고자 제 일터를 불태웠을 것 같진 않지만, 화재가 난 자리는 장사가 잘 된다는 속설이 있으니 불타버린 자리는 비싼 값에 팔릴지도 모른다.

"무슨 생각하냐? 옷도 안 입고."

수건으로 머리를 털며 선배가 화장실에서 나왔다.

"선배, 희숙 언니가 뭘 하고 싶은지 얘기한 적 있어요?"

"또 희숙이, 아까 니가 희숙이 얘기 그만하라면서요."

"그만하라는 말은 한 적 없거든요."

알몸의 선배는 침대 끄트머리에 걸터앉아 담배에 불을 붙였다. 방에 담배 냄새 배는 게 싫다고 만날 때마다 투정을 부려봤지만 선배는 내 말이 안 들리는 것처럼 행동했다.

"희숙이가 책도 많이 읽고, 글을 좀 쓰긴 했지."

"그건 알아요. 언니가 작가가 되고 싶다고 확실히 말했었어요?"

"희숙이가 자기 생각 확실히 말하는 타입이냐? 아니잖아. 내가 몇 번이나 쓴 것 좀 보여 달라고 해도 죽, 아니 절대 안 보여주더라."

책상에 올려둔 재떨이를 옆에 놓아주며 나는 선배 옆으로 다가가 나란히 앉았다. 선배의 허벅지까지 무성한 다리털이 내 다리를 찔렀다.

"솔직히 언니 같은 사람이 국가고시에 매달렸다는 사실 자체가 이해가 잘 안 가요."

"뭐, 니가 희숙이랑 뭘 오래 같이 한 적은 없지. 걔가 말수가 적고 외모가 좀 되니까 신비스러운 분위기 뚝뚝 흘리며 다녔지, 네 생각보다 훨씬 이상한 애였어."

나는 기다렸다. 내가 모르는 언니의 모습을 조금 더 들려주기를. 선배는 담배만 피웠다. 결국 참지 못하고 재촉하는 건 내 쪽이다.

"언니도 애교 넘치고 그랬어요? 언니 이미지랑은 다르게."

선배가 내뿜은 담배 연기가 천장으로 구불거리며 올라갔다. 내가 가진 보증금에 맞는 이 원룸을 찾아냈을 때, 나는 커다란 꽃이 그려진 벽지가 천장까지 아낌없이 도배되어 있는 광경에 치를 떨었다. 내 손바닥만 한 꽃송이를 선배는 흥미롭다는 듯 올려다보며 말했다.

"말할 수 없는 것이 있다면, 말하지 않는 것이 최선이다, 그렇게 말했었지."

선배의 목소리로 희숙 언니의 말을 전해 듣는 건 시간이 지나도 익숙해지질 않는다. 하지만 덜 아는 자가 더 아는 자에게 질 수밖에 없기에, 나는 침묵했다.

꽃을 향하던 더 아는 자의 시선이 내게 닿았다.

"희숙이가 여기에 큰 화상 흉터가 하나 있었단 말이야, 저 꽃 크기만 한."

선배가 왼손으로 오른쪽 어깨 부근을 툭툭 두드렸다.

"아직도 가끔씩 욱신거린대. 어렸을 때 사고 때문이라는데, 그때 고통이란 아무리 말해도 말해질 수 없는 것이라고. 요즘 생각해보니 맞는 말이야."

"그래서 불을 무서워했나 보죠?"

"걔가 글씨도 왼손으로만 썼어."

어느새 우리는 서로가 아는 희숙 언니 이야기를 경쟁하듯 털어놓았다. 선배의 보험 판매 실적이나 결혼생활에 대해, 내가 왜 국가고시를 준비하게 됐는지 따위는 서로에게 중요하지 않았다. 우리에게 중요한 건 이야기였다. 희숙 언니가 국가고시 시험 문제 중 하나라면 우리는 만점에 가깝게 받을 수 있으리라. 이것만이 나와 선배가 서로에게 줄 수 있는 최선의 위로였으니까.

장현 선배의 입에서 나에 대한 이야기는 딱 한 마디 나왔을 뿐이다. 벽지에 담배 연기를 뿜어대며 선배는 물었다.

"근데 이 무늬는 네가 직접 고른 거야?"

"제가 도배를 어떻게 해요? 그것도 저런 흉측한 꽃무늬로."

선배가 재떨이에 담배를 비벼 끈 뒤 나를 바라보았다. 담배 연기가 향불처럼 한 가닥 위로 피어올랐다.

"저거 연꽃이잖아요, 이, 연, 후배님."

"작년 기출 4번, 다음 제시문을 읽고 글쓴이가 주장하는 내용을 50자 이내로 요약한 뒤, 철학사적 의의를 쓰시오. 봐, 작년에 내가 말한 대로 세계 철학사 나왔어 안 나왔어? 여기 제시문이 실린 책이 1000쪽이야. 이 책 다 읽어본 사람이 여기서 10명은 될까 몰라? 이거 다 읽다 5수 10수 한다고, 내가 요약 정리해둔 철학사 교재 사서 외우기만 하면 그 시간 다 아낀다고."

제시문의 글은 《천 개의 고원》이었다. 내가 자신 있게 답을 쓸 수 있었던 문제 중 하나였다. 나와 언니는 K 강사가 말한 10명 안에 드는 희귀종일 것이다. 슬쩍 언니를 보니 과연 답을 쓰느라 왼손이 바빴다. 나는 목소리를 낮춰 언니에게 속삭였다.

"이 책, 오랜만에 보죠?"

희숙 언니는 문제지 여백까지 뻗어가던 손을 잠시 멈추고 나를 보았다.

"응, 너도 이 책 읽었니?"

"우리 동아리에서 읽었잖아요. 세미나는 못 했지만⋯."

"동아리에서 우리가 이걸 읽었다구?"

바로 앞에 앉은 수험생이 우리를 째려보았다. 앞머리가 방해되지 않도록 머리띠를 치켜올려 훤히 드러난 이마가 번들거렸다. 나는 말하는 대신 언니의 시험지 여백에 썼다.

'그날 장현 선배에게 끌려가서 세미나 엉망 됐잖아요, 기억 안 나세요?'

언니는 장현 선배의 이름을 어린아이가 낯선 어른을 보는 눈빛으로 응시했다. 순간 언니와 몇 년 만에 우연히 재회한 뒤로 한 번도 장현 선배 이야기를 한 적이 없다는 사실을 깨달았다.

나는 무방비 상태인 언니의 오른손에 내 왼손을 포갰다. 뜨거운 얼음을 만지는 느낌이었다.

장현 선배가 내게 말해준 내용이 진실이라면, 언니와 선배가 헤어진 것은 언니의 아버지 때문이라고 했다. 이름만 들어도 아는 대기업 임원인 언니의 아버지는 세탁소 아들인 자신을 매우 못마땅해했고, 언니가 국가고시에 붙어 1급 신부가 되기를 간절히 바란다고 했었다. 국가고시를 칠 수는 있으면 말이지, 선배는 동정하는 말투로 덧붙였다.

때마침 K 강사가 10분간 쉬는 시간을 선언하고 강의실 밖으로 나갔다. 언니의 손이 조용히 내 손에서 빠져나갔다. 그때 K 강사가 출입하는 강의실 앞문으로 한 무리의 검은 코트를 입은 사람들이 들어왔다. 강단을 차지한 그들은 강의실 끝까지 닿는 큰 목소리로 외쳤다.

"안녕하십니까! 저흰 국가고시 진실규명 위원회입니다!"

쉬는 시간을 맞아 가볍게 떠돌던 웅성거림이 일순 멈췄다. 무리의 가운데 선 키가 가장 큰 사람을 제외한 나머지 사람들은 인사가 끝나자마자 앞으로 뛰어나와 수험생들에게 유인물 같은 것을 나눠주기 시작했다. 강단에 선 사람은 연설 같은 것을 시작했다.

"매년 100명만 선발하는 시험, 그러나 선발 기준도 시험 답안도 공개하지 않는 시험! 합격자에게 어떤 일이 주어지는지 정보 하나 없는 국가고시의 투명한 정보 공개를 촉구

합니다!"

물에 떨어진 검은 잉크 한 방울처럼 그들은 강의실에 스며들었다. 유인물을 나눠주는 이들은 겨우 4명으로, 300명을 상대하기엔 다소 버거워 보였다. 수험생들은 호기심에 들었던 고개를 다시 떨어뜨리고 책을 읽고 암기 노트를 중얼중얼 외우거나 물을 마시고 간식을 먹었다. 그들의 연설을 경청하거나 유인물을 유심히 읽는 사람은 없었다.

우리 앞자리의 머리띠를 한 수험생이 옆의 수험생에게 속삭였다.

"쟤네 또 왔다, 왔어. 올해는 언제 오나 했다."

"저 여자 분 꾸준하시다."

"진짜, 저 정성이면 공부해서 합격하고도 남겠는데."

"내가 합격 못하니까 너네 다 시험보지 마! 이런 심리 아냐? 다 같이 죽자고."

나는 언니를 향해 고개를 돌렸다. 언니는 내가 처음 보는 낯선 표정을 짓고 있었다.

"저 사람, 내가 아는 사람이야."

내가 당황하는 사이, 강단에 선 검은 코트는 계속해서 말을 이어갔다.

"정의는 사라졌습니다. 100명을 위해 수만 명이 피를 흘리는 이 시험은 더 이상 공정한 기회의 상징이 될 수 없습니다. 우리의 피를 빨아먹는 학원 강사들 역시 혐의로부터 자유로울 수 없습니다. 죄 없는 목숨이 희생된 운명의 그날을 잊지 마십시오. 이건 진정한 삶이 아닙니다!"

검은 코트의 무리가 우리 자리까지 도달했다. 코트에서 쿰쿰한 냄새가 나는 것 같았다. 유인물에 적힌 내용은 연설과 별다를 것 없었다. 정답을 공개하지 않는 것은 평가자들이 제 입맛에 맞는 사람을 뽑겠다는 의도며 이는 정부가 국가고시의 존재 의의로 강조하는 평등한 기회에 어긋난다는 주장이었다. 유인물을 읽는 사이 학원 관계자로 보이는 남자가 강단으로 뛰어나왔다.

"여기서 이러시면 안 됩니다!"

남자를 뒤따라 들어온 직원들이 검은 코트를 입은 무리들을 쫓아냈다. 유인물을 나눠주던 사람들은 순식간에 사라지고, 강단에서 연설하던 사람이 직원들과 다투고 있었다. 유인물을 대충 접어 가방에 넣고 오늘 언니와 나눠 먹기 위해 챙겨온 초콜릿을 꺼냈다.

언니가 자리에서 벌떡 일어났다.

"미안해, 연아. 오늘은 나 조금 일찍 가야 할 것 같아."

내가 대꾸할 새도 주지 않고 가방을 챙긴 언니는 순식간에 다닥다닥 붙은 책상과 의자 틈 사이를 빠져나가 강의실 밖으로 사라져버렸다. 강단의 검은 코트도 직원 손에 이끌려 나가고 K 강사가 빠른 걸음으로 들어와 시위자들을 향해 욕을 퍼부을 때까지, 나는 이 상황을 최대한 쉽게 이해하기 위해 노력했다. 언니가 책상 위에 팽개치고 간 모의고사 답지에 빽빽이 적은 글을 읽으며.

언니가 쓴 글은 모의고사 문제와 조금의 연관도 없는 내용이었다.

불꽃이 닿는 순간, 내 팔을 자르고 두 눈을 뽑아 만지고 볼 수 없기를 바랐다.

이 몸을 옷처럼 벗어버릴 수 있게 허락해주세요.

내 몸을 벗고 뽑고 잘라내 쓰레기통에 버리고 싶어요.

안 돼. 그것은 내게 금지했다.

우는 것도 소리 지르는 것도 안 돼. 그것은 우리에게 명령했다.

이 씨발새끼가, 내가 욕을 하자 그것은 화를 냈다.

내가 화를 내면 더 크게 화를 냈다.

제발 여기를 나가게 해줘, 나는 네게 화가 나.

그것은 우리를 철저히 무시했다.

도대체 뭐가 불만이지? 넌 모든 것을 가졌잖아. 네겐 화를

낼 권리가 없어.

내게 말하는 이들 모두 입속에 불을 갖고 불을 내뿜었다.

불이 붉었다.

출구는 없었다.

초콜릿은 앞의 두 수험생과 나눠 먹었다. 조금 전 시끄럽
게 해 미안하다는 내 말에 머리띠는 수줍은 미소를 지으며
관대하게 초콜릿을 받았다. 그녀들은 답례로 캔 커피 하나를
내게 건넸다.

"짐이 참 많으시네요."

캔 커피를 받으며 나 역시 그들을 따라 관대한 미소를 지
었다. 세상 모든 일을 다 이해한다는 의미로.

"그게 그렇게도 급하더냐."

이번 설 명절 집에 가지 않겠다는 내 말에 엄마는 길게 말
하지 않았다. 대신 '그것'이 튀어나왔다. 밥을 먹다가 냉장고
에서 그것 좀 꺼내 와라, 텔레비전을 보다 배우를 가리키며
저 배우가 그것 때문에 뉴스 나왔잖니, 고등학생 때 남자친
구가 생겼다는 내 말에 입버릇처럼 그거 안 했지? 나는 엄마
의 그것들에 질려버렸다. 정확한 단어로 엄마가 잊거나 숨기

려드는 그것들을 불러들였다. 내가 김치 꺼낼게, 저 배우는 불륜을 저질렀잖아, 난 함부로 섹스 안 해. 엄마는 그 때마다 못 들은 척 가만히 있었다. 누구나 볼 수 있는 신문에 국가고시 합격자로 내 이름과 합격 소감을 싣고 싶은 게 내가 시험을 치는 공식적인 이유라고 매번 설명했지만, 엄마는 이 말도 듣지 못한 척했다. 국가고시를 '그것'이라 뭉뚱그려 격하시키는 엄마에게 나는 또박또박 발음에 유의하며 말했다.

"국가고시가 내 유일한 수단이야, 엄마."

희숙 언니는 이런 나의 마음을 알고 있을지, 언니도 엄마도 아무도 나를 이해하지 못한다는 생각은 나를 춥게 만들었다. 장현 선배가 아니었다면 진작 포기했을 그 꿈을 엄마는 태연하게 무시했다.

"그거, 꼭 그렇게 해야 하니. 차라리 결혼을 하는 게 낫지 않겠니?"

결혼만큼은 또렷하게 말하는 엄마 앞에서 나는 몇몇 단어들을 삼켰다. 아주 오래전부터 엄마에게 하고 싶었으나 모범 답안과 거리가 먼 키워드로 가득한 말들.

내가 꺼낸 답안은 상투적이었다.

"내가 알아서 할게."

전화를 끊고 책상에 앉았다. 할 일이 밀려 있었다. 이번 주

공부해야 할 한국사와 세계철학사 개론서 요약정리, 기초 영문법 문제풀이, 기본 상식분야 암기, 5개년 기출문제 분석. 여기에 장현 선배를 만나느라 논술 첨삭 작업분도 이틀치가 밀렸다. 공부에 앞서 마감 기한이 코앞인 답안지부터 펼쳤다. 붉은 펜으로 기본 첨삭을 마친 뒤, 답안지에 일일이 총평을 달고 점수를 매겨야 한다. 논술학원 자체 평가표에 맞추면 되는 일이다.

논제 분석(4점)+제시문 분석(4점)+논리적 사고(16점)+창의(8점)+표현(8점)

= 총점 40점 만점

붉은 펜이 피처럼 얼룩진 글을 보며 나는 거침없이 점수를 매겼다. 20점 이하, 논술의 기본기와 맞춤법부터 익힐 것. 39점 이상, 논증이 나무랄 데 없으나 문장 표현을 세심하게 다듬을 것. 문제는 30점 이상 38점 이하, 기본적인 논술문을 쓸 줄 알고 맞춤법도 나무랄 데 없으며 주어진 문제의 조건을 거의 지켰으나 만점을 주기엔 결정적인 한 방이 모자란 글들이었다. 내가 주로 쓰는 전략은 창의성에서 감점하는 것이었다. 제시문의 핵심을 잘 파악하고 있으나 독창적인 주제의식이 부족함. 혹은 정확한 단어 사용이 미흡하여 글의 주제가 모호해지고 있음.

총평을 하나하나 쓸 때마다 얼굴도 모르는 아이들을 규정하고 해석하는 쾌감 때문에 나는 첨삭 일을 좋아했다. 아이들은 평가표를 받아들고 내가 판정한 부족한 표현력이나 창의성을 보완하기 위해 묵묵히 노력할 것이다. 내가 매긴 점수로 항의가 들어온 적은 아직까지 단 한 번도 없었다. 사람들은 평가자의 권위에 쉽게 복종했다. 100개가 넘는 논술문을 모두 채점한 뒤 허리를 쭉 폈다. 담배 냄새가 여태껏 빠지질 않아 열어놓은 창틈으로 매콤한 양념 냄새가 흘러들어왔다. 밥솥도 냉장고도 텅 비어 있었다.

분식집은 한가했다. 가격이 싼 편이나 노량진 평균 수준이고 메뉴가 많지만 맛이 고만고만했다. 자리를 잡고 쌀 떡볶이를 주문한 뒤 휴대폰으로 국가고시 정보 공유 카페에 들어갔다. 올해 바뀐다는 신유형 문제에 대한 소문을 확인하려고 했다. 인기글 목록에 K 강사 수업에 들이닥쳤던 검은 코트를 입은 사람들에 대한 글이 눈에 띄었다. 강의실에서 전단지를 배부하고 강단에서 연설하는 그들의 모습을 휴대폰으로 찍은 사진이 몇 장 있었다. '이 분들을 매년 볼 때마다 내가 아직 수험생에서 벗어나지 못했다는 사실을 자각합니다. 고마우신(?) 분들이지요.' 글 아래 댓글이 수십 개가 넘었다. 공부하기 싫으니까 어그로 끈다, 관종이다, 정의가 사망했다는 의미의 조의의 표시로 검은 옷을 입나? 검은 코트가 악의 조직으로 나오는 만화 있지 않나요, 여러분? 수험생들은 마음껏 욕하고 비난할 대상이 등장해 신이 난 모양이었다. 몇몇 수험생 분들이 이 사람들 따라 나가시던데 정신이 있는 건지 없는 건지, 누군가 댓글로 첨부한 사진에서 학원 직원에게 끌려가는 검은 코트의 주동자를 따라가는 사람의 뒷모습이 찍혀 있었다.

낯이 익은 붉은 가죽 가방이 눈에 들어왔다.

언니 가방인지 확신할 순 없었다. 화질이 낮은 휴대폰 사진은 흔들리고 초점도 맞지 않아 사진 속 물체가 유령처럼 보였다. 희숙 언니가 그런 사람들을 따라갈 리 없다는 생각이 불꽃처럼 피어올랐다. 그 생각은 당장이라도 내 머리를 녹일 정도로 끓어올랐다.

사진을 확대해 살펴보는 일에 정신이 팔려 뭔가 타는 냄새가 난다는 걸 한참 뒤에 깨달았다. 휴대폰에서 눈을 떼고 주방 쪽을 보니 나보다 먼저 와 김밥을 먹고 있던 손님 한 명이 주방 이모에게 화를 내며 따지는 중이었다. 주방 이모는 무표정한 얼굴로 설명했다.

"떡볶이가 다 탔어, 학생."

"떡볶이가 어떻게 타요?"

손님은 한심하다는 투로 대꾸했다.

"아무튼 그렇게 됐어. 오늘은 그냥 가고 다음에 와."

김밥을 먹던 손님은 머리가 덥수룩한 안경잡이였다. 김밥 앞에 두툼한 《누구나 할 수 있는! 국가고시 개론서》가 활짝 펼쳐진 자세로 주인을 기다리고 있었다. 안경잡이는 쉬지 않고 말했다. 탄내가 지독한 게 떡볶이만 탄 게 아니다, 이러다 불이라도 나면 건물들이 다닥다닥 붙어 있는 노량진 동네 특성상 저번과 같은 대형 화재 사건으로 번질 수 있다고. 주방 이모의 표정은 흐트러짐이 없었다. 떡볶이가 타는 일 정도는 흔하고 네가 예민할 뿐이라는 표정이었다. 안경잡이가 고개를 돌려 나를 바라보았다. 동의를 구하는 눈빛에 나는 자리에서 일어나 분식집 밖으로 나갔다.

엘리베이터는 고장이었다. K 강사가 강의하는 학원은 총 10층 건물이고 내 자리가 있는 강의실은 8층이었다. 한 무리의 수강생들과 계단을 통해 위로 올라갔다. 대부분의 층계와 연결된 문이 닫혀 있었다. 비상구 등 피난 경로를 확인할 것, 머릿속에서 뉴스 자막이 번뜩였다. 내가 멈칫하자 내 뒤에 바짝 붙어 올라가던 수험생 한 명이 짜증 섞인 한숨을 내쉬었다. 아침부터 등허리와 겨드랑이가 땀으로 끈끈했다.

희숙 언니의 자리는 비어 있었다. 내가 강의실에 들어서면 언니는 책을 읽거나 노트에 무엇인가를 쓰면서 집중하는 모습이었다. 언니가 주인공인 그림을 흐트러뜨리고 싶지 않아 소리를 죽여 다가가곤 했다. 강의실에 빈틈없이 놓인 책상과 의자 사이는 지나치게 비좁았고 나는 죽인 소리를 살릴 수밖에 없었다. 고개를 들어 나를 보며 웃는 언니는 처음 언니를 보았을 때 그 모습 그대로였다.

언니의 자리에서 창문을 열고 밖을 내려다보았다. 지난번 불이 났던 자리가 어딘지 한눈에 들어오질 않았다. 이미 새 노점이 들어와 빈자리를 메꾸었기에 거리는 태연했다. 나도 태연하게 자리에 앉았다.

강의 시작 10분이 지나도록 희숙 언니는 오지 않았다.

K 강사도 나타나지 않았다.

30분이 지나가도록 자리에서 일어나는 사람은 없었다. 지연되는 강의 시작을 기다리며 낮게 웅성거리는 소리가 조금씩 커질 뿐이었다. 오늘도 내 앞에 앉은 머리띠를 한 수험생이 K 강사가 수업에 늦는 걸 생전 처음 본다며 옆 사람에게 속삭이는 소리가 들렸다.

K 강사가 들어오는 가장 앞쪽 문에서 누군가 들어왔다. 흰색 롱 패딩을 입은 그 사람에게 수험생들은 별다른 관심

을 두지 않았다. 희숙 언니가 급할 것 없다는 몸짓으로 천천히 내 쪽을 향해 다가왔다. 내가 맡아둔 옆자리에 붉은 가방을 올려놓고 패딩을 벗는 언니의 동작은 느긋했다. 나는 힘들지 않았냐고 물었다.

"뭐가?"

"엘리베이터, 고장 났잖아요."

"그랬니?"

언니에 이어 앞문으로 K 강사의 조수가 들어왔다. 수업 시작 전 마이크를 체크하거나 공지사항을 전달하는 등 잡다한 일을 처리하는 사람이었다. 그가 K 강사의 마이크를 손에 들고 말했다.

"오늘 강의는 강사님의 개인적인 사정으로 휴강되었습니다. 추후 보강이 있을 시 문자로 연락드릴 예정이니 확인하시기 바랍니다."

숨죽이며 때를 노리던 웅성거림이 단숨에 몸을 일으켰다. 머리띠를 한 수험생이 커다란 목소리로 외쳤다.

"휴강? 누구 맘대로 휴강?"

맨 앞줄에 앉은 수험생 몇몇이 일어나 강의실 밖으로 나가려던 조수를 붙잡았다. 그가 손에 든 마이크에서 몇몇 단어가 새어나왔다. 병원… 저희도 당황… 예정에 없는…. 여기저기서 의자 끄는 소리와 짐 싸는 소리가 말소리에 뒤섞였다.

언니는 아무 말 없이 자리에 앉아 있었다. 다시 패딩을 입고 가방을 챙겨 나가거나, 내게 K 강사가 어떻게 됐을지 모르겠다며 말을 걸거나, 창문을 열고 밖을 내다보거나 하지 않고 가만히 앉아 앞을 바라보았다. 바람 한 점 없는 바다 같은 평온함에 나는 언니에게서 태연함을 넘어 일종의 투명한 서늘함을 느꼈다.

"우리도 가야 하지 않을까요?"

"가야지."

"왜 휴강을 했을까요? 쓰러지거나 다친 걸까요?"

"모르지."

나는 언니의 오른쪽 팔뚝을 잡았다. 흰 블라우스의 매끌매끌한 감촉만이 느껴졌다. 옷 아래 커다랗게 있다는 화상 흉터는 촉감만으로 알아내기 어려웠다. 희숙 언니의 눈동자가 내게 향했다. 다 타버린 거리 같은 눈동자. 내가 한 번도 입에 담은 적 없는 말이 나도 모르게 흘러나왔다.

"괜찮아요, 언니?"

내 말이 신호라도 된 것처럼 언니는 갑자기 자리에서 벌떡 일어나 내가 잡을 틈도 없이 강의실 밖으로 도망쳤다. 대부분의 수험생들이 빠져나간 강의실은 줄이 맞지 않은 책걸상과 테이크아웃 커피 잔들, 쓰레기 등으로 어수선했다. 나는 언니의 가방을 챙겨 복도로 나갔다.

복도엔 아무도 없고 엘리베이터는 1층으로 내려가는 중이었다. 계단으로 빠르게 내려갔다. 텅 빈 비상계단에 우당탕탕 하는 내 발소리가 크게 울려 퍼졌다. 학원 정문 앞에 항상 서 있던 검은 코트의 1인 시위자가 오늘은 보이지 않았다. 언니의 모습도 바로 보이지 않았다. 큰길로 나와 두리번거리는 내 시선 끝에 흰색 패딩의 번데기 같은 기다란 뒷모습이 걸려들었다.

언니는 한강대교 방향으로 걸었다. 두 손을 패딩 주머니에 찔러 넣은 자세로 앞만 보며 천천히 걸어가고 있었다. 나는 그 뒤를 따라 속도를 맞춰 걸었다. 나란히 걷거나 앞서가 언니의 얼굴을 보면 안 될 것 같은 예감이 들었다. 건널목에서 신호가 바뀌길 기다릴 때도 언니의 등 뒤에서 한 발짝 떨어져 따라가며 나는 말을 시작했다.

"언니가 쓴 글을 읽었어요. 전부는 아니지만. 결론부터 얘기하면, 실망했어요. 제가 점수를 매긴다면 40점 만점에 20점 이상 줄 수 없어요. 논제는 추상적이고, 논리적인 표현은 전혀 보이지 않고, 창의성은 0점에 가까워요. 전 언니가 이것보다 훨씬 더 좋은 글을 쓸 줄 알았어요."

거대한 트럭이 3대 연속으로 지나가며 굉음을 남겼다. 나는 아랑곳하지 않고 계속 말했다.

"언니가 사라진 뒤로 언니를 찾아다녔어요. 그러다 장현 선배와 우연히 만났어요. 선배는 제게 하나하나 설명해주었어요. 언니가 원하던 것과 언니 아버지가 원하던 것, 선배가 원했던 것이 조금씩 어긋나 그 사건이 일어나버린 거라고."

내가 정면으로 대면하길 피하는 사건을 떠올린 순간 내 안의 무엇인가가 말문을 막았다. 그것은 그것이라고 말할 수밖에 없다. 정확한 단어로 말해서는 안 된다.

"장현 선배가 언니와 마지막으로 만났던 날에, 품에 국가고시 교재를 안고 노량진으로 향하던 길이었다고 말해주었어요. 희숙이는 국가고시 준비를 하던 중이었다고. 저는 그 이야기에 제 모든 것을 걸었을지 몰라요, 언니."

건널목 하나만 더 건너면 다리였다. 언니는 대답하지 않았다.

"저는 언니에게 질문을 던진 적이 거의 없어요. 뭔가를 물어보는 순간 또 어딘가로 사라질까 봐 두려웠어요. 저는 아무것도 모르고, 언니는 모든 걸 다 아는 존재니까요. 언니를 처음 만난 순간부터 그렇게 생각했으니까요. 이것 하나만큼은 그래도 물어봐야겠어요. 언니는 그날 정확히 어디에 있었나요?"

철골로 된 다리는 빠르게 지나가는 차들과 세찬 강바람에 의해 쇳소리를 내며 흔들렸다. 다리 위 소음 때문에 말소리가 닿지 않는 것인지, 듣고도 모른 척하는 것인지, 언니는 뒤한 번 돌아보지 않고 다리를 두 다리로 건넜다. 내가 평가받고 싶었던 단 한 명의 사람을 향해, 나는 소리를 질렀다.

"언니는 지금 어디로 가려는 거죠?"

언니가 다리 중간에 멈춰 섰다. 몸을 반쯤 돌렸다. 강을 바라보는 언니의 얼굴은 붉게 물들어 있었다.

한강 저편, 하늘이 붉다.

매주 K 강사의 수업은 오전 9시부터 시작되고 뜻밖의 휴강 소동으로 강의실을 나오게 된 건 길게 잡아야 2시간이 넘지 않았다. 언니를 따라 한강철교를 반쯤 건너기까지, 지금 시간은 정오에 가까웠다. 가까워야 했다.

내 눈에 들어온 태양은 분명 해질녘에 붉은 노을을 토해내는 순간의 모습이었다. 하늘은 붉은 유리로 된 창문을 닫은 것처럼 온통 빨갛고, 거대한 불길이 번지는 것처럼 강물 위로 붉은 해가 타올랐다. 한강변 아파트 창문으로 무수히 복제되는 태양이 커다란 꽃송이마냥 붉게 피어났다. 닿는 순간 무릎이 꺾이고 꼼짝할 수 없을 정도로 존재를 짓누르는 붉은 세계.

나는 입을 벌린 채 온 세상이 타오르는 거대한 화재 현장을 바라보았다. 언니의 흰 패딩이 붉게 물들었다. 논리도 논제도 통하지 않는 0에 가까운 풍경 앞에서 언니는, 나는 그것에 대해 아무 말도 할 수 없었다.

이 별의 이름은

아인이 수철과 이별한 날 그들은 갈치구이 정식을 먹고 있었다. 손으로 일일이 뼈를 발라 밥 위에 올려주는 갈치의 흰 살점을 아무 말 없이 받아먹던 수철은 딱 한마디 했을 뿐이다.

"갈치를 먹고 보니, 너 산갈치 닮았다."

아인은 그런가 하고 넘겼다. 산갈치는 살아 있는 갈치일까 산에 사는 갈치일까 딴생각을 조금 했을 뿐이다. 그래서 아인은 수철에게 그 다음 날 평소 하던 대로 연락했고 2주 동안 계속된 부재중 통화 끝에 수철은 산갈치 사진을 휴대폰으로 보낸 뒤 아인의 번호를 차단해버렸다. 산갈치는 수산

물 시장에서 흔히 볼 수 있는 보통 갈치보다 훨씬 크고 늠름하게 생겼으며 아인의 마음에 쏙 들었다.

아인은 아무렇지 않았다. 않았다고 생각했다. 그녀 내부의 심해 밑바닥에서 서서히 헤엄쳐 올라온 슬픔이 수면에 가까워지자 압력차를 이기지 못하고 펑 터져버릴 즈음 이별은 이미 아인의 머리 위에 자리를 잡았다.

아인의 머리보다 조금 작은 크기의 이별은 완벽한 구체로 표면이 달과 같이 흠 진 얼굴처럼 거칠었으나 태양 빛을 반사하는 달과 달리 내부로부터 빛이 새어나와 은근한 분위기를 풍겼다. 은빛으로 반짝이는 아인의 별을 본 사람 모두 그 매력을 인정했다. 독특한 모습이 아인과 닮았다고 평한 사람도 있었다. 그 사람은 아인에게 그것의 이름이 무엇이냐 물었고, 아인은 성은 자신과 같은 이 씨에 이름은 별이라고 답했다.

일주일에 3일 이상은 꼭 만나야 했던 수철과 헤어진 뒤 아인은 시간이 많아진 느낌이었다. 고시 준비를 하는 수철에게 정기적으로 건네던 용돈도 없어지니 매달 돈이 쌓였다. 시간과 돈의 여유가 생겼다는 아인의 말에 옆자리 후배가 제주도라도 다녀오라고 했다.

"바다도 보고 오름도 가보고 올레길을 걷다 보면 이별이 떨어져나가지 않을까요?"

그들의 대화를 듣고 있던 과장은 일출을 보며 해 옆에 나란히 이별을 달아놓고 오는 것도 좋겠다고 했다. 다들 결론이 이별과 이별하는 것으로 끝맺는 건 마음에 들지 않았지만 제주도 여행은 본능적으로 끌렸다. 여태껏 쓰지 않은 연차들을 모두 끌어모아 비행기 표를 예매하고 숙소를 검색했다. 달력에 떠나는 날짜를 표시하고 캐리어 가방과 운동화 한 켤레, 디지털 카메라를 샀다.

카메라로 시험 삼아 이별의 모습을 찍어보았지만, 사진 속엔 그녀의 얼굴만 찍혀 있었다. 덕분에 길을 걷다 모르는 사람이 이별의 모습을 함부로 찍어 인터넷에 올린다거나 하는 번거로움은 일어나지 않았다. 이별은 갑자기 격하게 움직이거나 크기가 커지거나 더 밝아지거나 소리를 내거나 냄새를 풍기거나 그 어떤 예상 밖의 행동 없이 고요히 아인의 머리 위를 지켰다.

아인이 불을 끄고 침대에 누우면 이별은 이마 위 적당한 높이에서 은은하게 빛을 발했다. 그 빛을 바라보다 어느새 잠이 들어버리는 것이다.

이별을 가진 뒤로 아인은 잠이 부쩍 많아졌다. 출근길에 버스에서 졸다 몇 번이나 내려야 할 때를 놓치기도 했다. 비행기에서도 아인은 이륙도 전에 곧장 잠에 떨어졌다. 이별의 존재 때문에 비행기 탑승 거부를 당할지도 몰라 아인은 긴장했지만 승무원도 공항 직원들도 별 반응 없이 아인을 통과시켰다. 승객들 역시 이별에게 특별히 관심을 두지 않았다. 비행기 옆자리에 앉은 아이 한 명이 꺄르르 웃으며 아인의 별을 향해 손을 뻗었을 뿐이었다.

우리의 주인공 이아인 양은 태어나서 처음으로 제주도에 와서 검은 모래가 깔린 해변 너머 초록빛 바다를 보고, 아버지의 낡은 중절모를 닮은 제주도 특유의 기생 화산인 오름에 만개한 억새 사이를 걷고, 성산일출봉의 일출과 금능해변의 일몰을, 한라산 백록담을, 곶자왈의 노루를, 그 어떤 것도 제대로 보지 못했다. 제주도에 머물렀던 일주일 내내 아인은 게스트 하우스에서 잠만 잤다.

후배가 추천한 숙소는 바다와 조금 거리가 있는 작은 마을에 있어 몇 개의 카페를 제외하면 가게도 많지 않아 조용했다. 제주 전통 농가를 개축한 게스트 하우스가 마음에 든 아인은 아침 늦게까지 잠을 자고, 숙소에서 운영하는 카페에서 토스트와 커피로 배고픔을 달랜 뒤 낮잠을 잤다. 해질녘에 더 이상 잠이 오지 않아 깨어나면 마을 주변을 산책하거나 카페 한쪽 벽면을 가득 채운 책을 한 권씩 읽었다. 많아도 10명이 채 안 되는 다른 손님들은 아인을 따라 밤 산책에 나서 이별의 모습을 감상했다. 가로등이 거의 없는 제주의 시골 동네로 찾아든 태초의 어둠에 가까운 밤을 밝히는 이별의 빛을 보며 사람들은 말을 잃었다.

게스트 하우스 사장은 40대 여성이었는데, 아인이 하루 종일 잠만 자도 깨우지 않고 이별에 대해 어떤 것도 묻지 않았다. 가끔 카페에서 수채화를 같이 그린다거나 구운 귤을 간식으로 나누어주는 등 친구처럼 아인을 대할 뿐이었다.

여행 마지막 날 아인은 사장과 두어 명의 손님과 함께 천혜향을 안주로 소주를 마셨다. 손님 한 명이 천혜향을 까먹으며 아인에게 이별을 떼어놓고 싶냐 물었다. 아인은 잘 모르겠다고 답했다. 잠자코 그들의 대화를 듣고 있던 사장이 책장에서 같은 책 세 권을 꺼내 왔다. 자신이 불안에 잠 못 이루는 밤이면 읽는 책이라며 설명한 사장은 게임을 제안했다.

"게스트 하우스를 운영하면서 행복을 아는 손님도 있었지만, 고민을 품고 찾아온 사람들이 더 많았어요. 이 게임은 자신을 괴롭히는 문제를 해결할 실마리를 찾는 것입니다. 방법은 눈을 감고 아무 데나 책을 펼친 뒤 가장 먼저 눈에 들어오는 문장을 읽는 것입니다."

손가락 끝이 노래지도록 천혜향을 까먹던 손님이 가장 먼저 자신이 뽑은 문장을 소리 내어 읽었다.

하루의 모든 내용을 칠판에서 지워내는 일, 매일 새롭게 시작하는 아침을 사는 일, 우리 감정의 처녀성을 반복해서 부활시키는 일, 그것이, 오직 그것만이 존재와 소유의 가치가 있다. 우리가 불완전한 방식으로 존재하기 위하여, 그리고 불완전한 이 존재를 소유하기 위하여.

책을 읽는 목소리에서 달콤한 귤 향이 났다.
옆의 손님도 뽑은 문장을 읽었다.

나를 찾는 순간, 나를 잃는다. 믿는 순간, 나는 의심한다. 내가 얻은 것을 나는 소유하지 못한다.

둘 모두 자신의 고민은 밝히지 않았지만, 한 명은 영혼까지 놀란 표정이었고 다른 한 명은 책을 읽은 뒤 웃기 시작했다. 말을 하지 않아도 알 만한 반응이었다. 이제 모두 아인의 손 안에 든 책을 응시했다. 아인은 제 고민은 말하지 않아도

다 알고 있을 거라며, 쑥스럽게 말한 뒤 책을 펼쳤다.

나는 존재하지 않는 도시의 교외이고, 결코 쓰이지 않은 책에 대한 장황한 해설이다. 나는 아무도 아니며, 아무것도 아니다. 나는 느낄 수도 없고, 생각할 수도 없고, 원할 수도 없다. 나는 완성되지 않은 소설 속의 등장인물이다. 나를 완성시킬 줄 모르는 어떤 자의 한 조각 꿈이 되어, 존재했었다는 과거도 없이 바람 속으로 날아가버린다.

한 문장만 읽으려던 아인은 낭독을 멈출 수 없어 문단 하나를 다 읽었다. 한 번 더 읽고, 눈으로 또 읽었다. 한라산이 그려진 흰 병이 늘어나고 천혜향 한 박스가 동이 나도록 아인의 생각은 그 문장으로 되돌아갔다.

달이 지고 세상이 밝아졌다. 그것은 아인과 무관했다. 사람을 만나고 헤어졌다. 나를 스쳐 지나가는 사람들은 내가 미워서 떠나는 것이 아니다. 나의 존재를 몰랐을 뿐, 나라는 도시에 도달하지 못하고 나라는 책을 읽지 못한 사람들. 나는 완성되지 못한 누군가의 꿈에 불과하나…. 아인의 생각이 도달한 끝에 문 하나가 있었고 그 문을 열자 커다란 거울이 있었다. 거울 속에 비친 아인의 머리 위로 붉은 해가 떠올랐고 저 먼 하늘 위로 날아올라 사라졌다.

다음 날 아인은 홀로 게스트 하우스를 나섰다.

휴대용 앙코르와트

세상 모든 존재를 상징으로 읽으면 삶이 다채로워진다. 어느 날 아침 창가에 앉은 새의 깃털, 머리를 감다 부러진 손톱, 영화를 보던 중 무의식중에 흐르는 눈물, 거리에 버려진 커피 잔 개수, 지하철 맞은편 자리에 앉은 남자가 읽고 있는 책의 제목이 말하는 것들. 세계가 우리에게 속삭인다. 끊임없이.

해질녘 노을 위로 날아오르는 까마귀 떼 역시 심상찮은 상징이다. 최근 그녀는 도시에 까마귀 개체 수가 비정상적으로 증가했다는 기사를 몇 건 읽었다. 도심 한복판 전선을 빼곡하게 채운 까마귀 떼 사진이 함께 떴다. 하지만 뉴스는 누군가의 손에 일차적으로 가공된 정보이기에 그녀에게 큰 영감을 주지 못한다. 상징은 그녀가 직접 목격해야 해석이 가능하다. 지금 서서히 깎여가는 하늘의 푸른빛을 배경으로 수백 마리의 까마귀가 날아오르는 풍경은 그녀에게 암시하고 있었다.

오늘 너에게 아주 중대한 일이 생길 것이다.

상징을 해석하기 위해 상당한 수준의 상식과 지식이 필요하다. 까마귀, 보통 죽음의 상징으로 박해받는 검은 깃털을 가진 새. 검다, 의중을 알 수 없고 생명을 상실했으며 한 치 앞도 보이지 않는 부정적인 의미의 단어. 필요 이상으로 넘쳐나는 개체 수도 중요하다. 미국인지 캐나다인지 끝없는 평야에 펼쳐진 밀밭을 흔적도 없이 삼켜버렸다는 메뚜기 떼 이야기. 지상에 있는 것이라면 밀이든 옥수수든 집이든 나뭇잎이든 심지어 밖에서 놀고 있던 어린아이까지 수천수만의 메뚜기 떼가 먹어 치워버렸다는 것이다.

집단은 불행을 초래한다.

지금 이 까마귀 떼는 앞으로 일어날 일이 그녀에게 좋지 않으리란 메시지를 전달하고 있었다.

그녀는 걸어가며 오른손으로 입술을 잡아 뜯기 시작했다. 불행과 불길과 부정적인 'ㅂ'으로 시작되는 단어들 모두 오늘만큼은 멀리하고 싶다. 오늘은 특히.

지금 그녀는 누군가를 만나기 위해 카페로 가는 중이다. 그녀의 유일한 친구이자 영혼의 단짝인 인아. 인아는 최근 반년간의 유럽 여행을 마치고 귀국 후 그녀에게 연락했다.

"직접 네 얼굴 보면서 꼭 할 이야기가 있어."

어제 전화기 속 인아의 목소리는 맑았다. 어둠이니 죽음이니 까마귀 따위 끼어들 틈 없이. 그녀가 대학에 가고 졸업하고 하고 싶은 일과 할 수 있는 일 사이에서 방황하며 허비한 한 해 두 해 매 해, 인아는 비행기를 타고 또 탔다. 동남아에서 시작된 인아의 여행은 인도를 거쳐 유럽과 아프리카 대륙까지 뻗어갔다. 여행을 마치고 귀국한 인아와 만나는 날은 그녀에게 크리스마스와 같았다. 오늘 검은색만큼은 털끝만큼도 허용할 수 없다. 크리스마스란 붉은 축제의 색이 가장 어울리니까.

까마귀 떼는 순식간에 사라졌다. 상징은 찰나에 우리를 스쳐간다. 그녀가 평소 습관대로 땅을 보며 걸어갔다면 하늘을 가득 메운 까마귀들을 보지 못했을 것이고 불길함으로 해석되는 상징에 불안해할 일도 없었을 것이다. 결국 이 모든 것이 그녀로부터 시작된 문제일까?

그녀는 왼손으로 오른 손목을 어루만졌다. 손목엔 그녀가 캄보디아 여행에서 받았던 붉은색 실 팔찌가 채워져 있었다.

2년 전 3박 4일 일정으로 둘러본 캄보디아의 앙코르와트 사원은 그녀가 태어나서 가장 멀리 떠났던 장소였다. 이곳이 아닌 어딘가로 떠나버리고 싶다는 말에 인아가 추천해준 나라이기도 했다. 남자친구 문제로 고민하던 그녀의 하소연에 인아는 그녀에게 오래된 사원의 벽에 새겨진 부조들을 보고 오라고 말했다.

"가능한 느리게, 그럼 네가 바라던 결론을 얻을 수 있을지도."

그날로 그녀는 씨엠립에 있는 한인 게스트 하우스에 방을 예약하고 캐리어 가방과 디지털 카메라를 샀다. 떠나기 전까지 그녀가 가진 지식은 앙코르와트가 밀림에 숨겨져 있다 발견된 사원이고, 매우 더운 나라라는 것뿐이었다. 인아는 그곳이 어떤 곳이고 왜 그녀가 가야 하는지 자세히 말해주지 않았다.

"가보면 알게 될 거야."

떠나고 나서야 알게 된 것은 그곳이 앙코르와트라는 가장 거대한 사원을 중심으로 수십여 개의 사원'군'을 지칭하고, 걸어서는 모든 사원을 다 볼 수 없다는 사실이었다. 도착한 당일 숙소 사장님께 앙코르와트에 대한 설명을 들은 그녀는 현지 교통수단인 툭툭Tuk Tuk을 타고 사원들을 돌아보는 투어 프로그램을 추가로 예약했다. 지도에 적힌 사원 이름을 손가락으로 가리키며 툭툭 기사와 함께 사원들을 돌아다니며 그녀는 인아가 보고 오라던 부조를 찾아 헤맸다. 가는 사원의 벽과 기둥과 회랑마다, 눈 닿는 곳 어디든 조각이 가득했다. 모르면 닥치는 대로 보고 또 보는 수밖에 없다고 결심한 그녀는 툭툭 기사가 어이없어할 정도로 남들이 사원 하나 둘러볼 시간에 두세 곳을 방문하며 조각이란 조각은 모조리 카메라로 찍었다. 이거다 싶은 사진 몇 개는 밤에 문자로 인아에게 보내주며 물었다.

'이건 어때, 이게 네가 말한 그거야?'

그때 인아는 페루에 있었고 캄보디아와 페루는 정확히 12시간의 시차가 있었다. 같은 6시라도 그녀가 오후라면 인아는 오전, 지구를 두 동강 내면 다신 만날 수 없는 거리였다. 답장은 하루 늦게 평서문이 아닌 의문문으로 날아왔다.

'잘 다니고 있어? 물갈이는 안 하고?'

그녀는 떠나기 전날 인아가 말한 따 프롬 사원 대신 바이욘 사원을 한 번 더 방문했다. 그곳은 수백 기의 두상이 탑을 이루며 솟아 있는 사원이었다. 신묘한 미소를 지으며 두 눈을 감은 거대한 두상들을 반복해서 사진에 담았다. 미로 같은 기둥과 돌덩어리 사이로 돌아다니던 그녀는 무심히 계단

을 따라 사원 3층으로 올라갔다. 꽃과 향로가 놓인 사원 한
구석에서 붉은 옷을 입은 갈색 피부의 나이 든 여자가 꽃으
로 장식된 조각상 앞의 향로에 불을 피우며 두 손을 모아 기
도를 올리고 있었다. 그녀 뒤를 따라 들어온 외국인 남녀가
그 모습을 대포 같은 카메라로 찍으며 여자에게 1달러를 냈
다. 여자는 기도를 멈추고 활짝 웃으며 그들의 손목에 붉은
실로 된 팔찌를 채워주었다. 그녀가 뒤이어 지폐를 꺼낸 이
유는 불타는 듯이 선명한 팔찌의 붉은색이 그녀에게 속삭였
기 때문이었다. 그녀가 팔찌를 찬 뒤 어설프게 두 손을 모으
자 여자는 웃는 얼굴로 마주 합장했다. 나중에 숙소에서 그
녀의 이야기를 들은 게스트 하우스의 한 직원이 자기 팔에
걸린 같은 팔찌를 보여주었다.

　"이게 소원을 빌면서 차는 팔찌인데, 소원이 이뤄지면 끊
어진대요."

　직원의 말에 그녀는 자랑스러운 기분으로 팔찌를 어루만
졌다. 이 상징으로 드디어 내 여행이 완성되었어. 무슨 소원
을 빌었냐며 묻는 직원의 말에 비밀이라 얼버무리며 그녀가
한창 팔찌를 보고 있는데 갑자기 직원이 손을 뻗어 그녀의
팔찌를 세차게 잡아당겼다.

　"근데 이거 미친 듯이 튼튼하다? 1년 전에 받은 내 팔찌도

절대 안 끊어져."

옆에서 앙코르 비어를 마시며 듣고 있던 남자 손님 둘이 깔깔거리며 웃었다. 멍해진 그녀의 얼굴을 보며 직원은 미소를 지었다.

"소원 하나 이뤄지기가 이렇게 어렵죠."

캄보디아에서 돌아온 뒤 인아가 남미에서 귀국하기만을 기다리며 그녀는 만나는 사람마다 붉은 팔찌를 내보이며 여행 이야기를 했다. 그곳은 그녀만의 사원이었다. 그녀에게 맞춰 세공된 휴대용 앙코르와트는 그녀의 소중한 보물이었다. 그녀가 시도 때도 없이 그녀만의 앙코르와트를 꺼내 쓰다듬을 동안 인아는 페루에서 볼리비아를 거쳐 칠레, 아르헨티나, 브라질까지 배낭 하나로 돌파한 뒤 한겨울 나무처럼 새까맣게 말라 돌아왔다.

인아의 거대한 남미 앞에서 그녀의 앙코르와트는 다소 왜소해 보였다. 인아의 우유니 사막은 세상 모든 사물을 있는 그대로 반사하는 세계의 거울이었다. 그녀는 앙코르와트를 감싼 해자에 고인 물 위로 날벌레가 피어오르던 광경을 떠올렸다. 여행 중에 스페인어를 익혀 아르헨티나의 한 호스텔에서 숙박한 각국의 여행자들과 탱고를 추며 노래했다는 인아 앞에서 그녀는 나이트마켓의 한 식당에서 종업원의 영어를 잘못 알아들어 향신료 냄새가 지독했던 음식을 먹어야만 했던 일화를 꺼내기 부끄러워졌다.

"그래서, 정리는 된 거야?"

인아의 물음에 그녀는 바이욘 사원의 인자한 웃음을 가진 두상들에 대해 두서없이 늘어놓았다.

"신비로운 미소였어, 다 의미 없다는 의미를 전달하면서, 서서히 무너져가는 돌 사원 한복판에 미소가 있다는 것이, 세상 모든 것에 다 의미가 있다고, 내가 그와 헤어지는 것도 의미가 없다는 것에 의미가 있는…."

의미와 무의미의 폭풍 속에서 인아는 인자하게 웃었다.

"내가 캄보디아에 갔던 이유는 김영하 때문이었어. 응, 《나는 나를 파괴할 권리가 있다》, 그거 쓴 사람. 그가 쓴 단편 중에 〈당신의 나무〉라는 작품이 있거든. 따 프롬이라고, 그래, 내가 말했던 영화 촬영지였다는 나무에 뒤엉킨 사원. 거기에서 나무와 사원의 뒤엉킴을 바라보며 임상 심리상담가와 환자로 만났다가 엉겨버린 옛 연인을 회상하는 남자가 주인공이야. 그 단편을 읽은 때가 현대문학의 이해라는 교양 수업을 듣던 스무 살 그때였어. 그때 그 작품으로 발표 수업을 한 사람이 K라고, 우리 과 선배였거든. 그 선배의 목소리가 아직까지 생생하게 기억이 나.

'따 프롬을 파고드는 판야 나무뿌리는 사원을 파괴하지만, 동시에 사원이 완전히 무너지지 않도록 지탱하기도 합니다. 수많은 사랑의 형태 중 하나로 이 사원과 나무처럼 서로의 존재를 단단히 묶어주며 동시에 서로를 깨뜨리고 파괴하는 사랑이 있을 것입니다. 저는 앙코르와트를 인간의 방식으로 읽어내는 이런 상상력을 마음껏 그려낼 수 있는 소설이라는 문학 형태를 사랑합니다.'

그 뒤로 그 선배 따라다니며 읽으라는 책 읽고, 가보라는 곳 가보고, 같이 캄보디아 가서 그 사원 보고 오자고 아르바이트 열심히 했지. 출발 일주일 전에 헤어지게 되면서 나 혼자 다녀온 씨엠립은 나무와 흙냄새부터 나를 맞이하더라."

나중에 그녀는 그때 인아가 들려준 따 프롬 이야기를 여행 전문 잡지에서 활자로 읽을 수 있었다. 인아의 여행은 나무 냄새라는 디테일과 단편소설의 인용에서 느낄 수 있는 문학적 교양, 스무 살 연애의 풋내까지 고루 배합된 모범적인 에세이였다. 붉은 실 팔찌 하나 달랑 매달고 몇 장의 사진과 함께 뿌듯한 마음으로 귀국한 그녀의 불균형적인 여행과 질적으로 달랐다.

필요한 영양소를 제대로 섭취하지 못한 부실한 삶. 그녀는 고등학교를 졸업하고 재수 없이 서울의 한 사립대에 입학하여 휴학 한 번 하지 않고 4년을 채워 졸업했으며 4년간 임용 고시와 공무원 시험 사이에서 방향을 잡지 못했다. 캄보디아에 다녀오기 전의 봄, 그때 그녀의 남자친구는 시험을 접고 더 늦기 전에 결혼부터 하는 게 좋겠다고 말했다. 그녀보다 5살 연상이었던 남자친구의 그 말 전체가 그녀에게 꺼림칙한 상징으로 다가왔다. 그녀는 순순히 자신의 뒤를 따라온 삶이 괴물처럼 느껴지기 시작했다. 진학, 졸업, 취직 혹은 결혼, 삶은 그녀를 따른 게 아니라 그녀가 따라오도록 지배력을 발휘하고 있었다는 사실을 뒤늦게 깨달았다. 그녀는 자신의 삶을 휴대 가능한 크기로 만들고 싶었지만, 삶에 맞서 싸울 수 있는 몸 상태가 아님을 알게 되었다.

"제가 좋아하는 음식만 순순히 받아먹다 영양실조에 걸린 탓이지."

남자친구는 그녀의 말을 이해하지 못했다.

"영양실조가 뭐? 지금 배고파?"

그녀는 고개를 끄덕였다.

"난 나의 진짜 삶에 굶주렸어."

전혀 섭취해본 적 없는 새로운 영양소로서의 상징, 그곳이 앙코르와트였다.

그녀가 캄보디아 여행을 준비하고 다녀오는 동안 인아는 졸업까지 한 학기를 남기고 또 휴학하여 부모님과 절연 직전까지 갔다고 했다. 제 몸만 한 배낭을 짊어지고 미국행 비행기를 타러 떠나는 인아를 공항에서 배웅하며, 그녀는 뿌듯함을 만끽했다. 저게 바로 균형 잡힌 건강한 삶의 상징이야. 삶을 손바닥 위에 올려놓고 갖고 노는 사람이라구. 나도 곧 인아처럼 낯선 공기를 섭취하고 뜻 모를 외국어를 흡수하며 삶에 필요한 영양소를 취할 거다. 앙코르와트를 주머니에 넣고 귀국한 그녀는 남자친구에게 결혼 의사가 없음을 밝히고 집 근처 논술학원에서 교재를 만들기 시작했다. 인아는 블로그와 SNS에 여행 글을 꾸준히 올렸고 사람들의 열띤 반응을 얻었다. 그녀가 학생들이 쓴 글을 붉은 펜으로 고치는 동안 인아는 자신의 글을 썼다. 그때 글을 모아 크라우드 펀딩을 통해 출간한 책은 한 달 만에 3쇄를 찍었다.

인아가 책을 내길 가장 바랐던 사람이 바로 그녀였다. 인아는 따 프롬처럼 유명한 사원도 인아만의 것으로 만들어버리는 재능이 있었다. 그녀는 두 번째 책이 언제 나오는지 인아에게 물었고 인아는 오늘 만나서 얘기하자고 답했다. 이번 귀국의 목적이 새로운 책 출간 때문이구나, 그녀는 들뜬 기분으로 카페에 도착했다.

약속장소인 카페는 어중간한 시간대임에도 불구하고 빈자리가 거의 없었다. 카페 중앙 동그란 탁자에 의자 두 개가 놓인 자리를 찾아 가방을 올려놓고 주문을 하러 계산대로 향했다. 그녀는 늦은 점심 겸 먹을 스콘과 카페모카를 주문했다. 쟁반을 들고 자리에 돌아오니 의자가 하나만 남아 있었다. 바로 옆 자리에 앉은 한 무리의 여자들이 가방과 겉옷을 놓기 위해 빈 의자를 가져간 듯했다.

"저기요."

그녀가 부르자 네 명의 여자들이 동시에 그녀를 쳐다보았다.

"제가 일행이 올 예정이라서, 제 의자 가져가신 것 맞죠?"

네 명의 여자들이 동시에 자리에서 일어나 손을 뻗었다. 어머나, 죄송해요, 짐 치워 드릴게요, 여자들은 호들갑을 떨며 각자의 핸드백과 코트를 챙겨들었다. 네 개의 가방은 그녀 기준으로 매우 얇고 조그마했다. 되찾은 의자를 제자리에 놓고 그녀는 기묘한 허전함을 느꼈다. 아무 말 없이 의자를 가져간 것은 의도된 이기심이 아닌 여자들의 단순한 실수였다. 그녀는 책 한 권 들어갈 틈 없는 장난감 같은 핸드백들이 그녀들의 경박한 무례함을 상징하길 은근히 바랐다. 그녀가 의자를 가져갔느냐 물으면 어머 세상에, 의자 좀 가져갔다고 뭐라 하는 거예요, 지금? 그럼 우리 짐은 어디에 두라고? 같은 상황처럼.

그녀가 되찾은 의자 위에 가방을 올려놓자 둔탁한 소리가 났다. 의자 사건의 여자들 중 하나가 그녀를 빤히 쳐다보았다. 그 시선을 의식하며 가방에서 노트와 펜과 사사키 아타루의 책 《잘라라, 기도하는 그 손을》을 꺼냈다. 책 제목이 잘 보이도록 옆에 두고 노트를 펼쳤다. 몇 달 전부터 조금씩 써 온 글은 노트 중반부에서 멈춰 있었다. 그녀는 글 처음부터 차분히 읽었다.

시작보다 끝이 중요하다. 이것은 진리다. 다들 1월 1일 보다 12월 31일이 더 기억에 남을 것이다. 마지막 날엔 곧 다가올 새해를 향한 희망과 밝게 빛나는 미래로 가슴이 벅차오르고, 1월 1일엔 전날 과음한 술 탓에 오후 늦게나 일어나 새해 첫날부터 망쳤다고 한탄하며 우울해할 테니까. 술 이야기가 나온 참에, 술자리에서 다 같이 마시는 첫 잔의 맥주가 좋은가, 술자리 끝의 끝까지 살아남아 몇몇 이들이 비밀스럽게 들이켜는 양주가 더 귀한가? 끝이 중요하다는 논리는 내 단짝 지하에게서 전수받은 것이다. 그녀는 키가 컸고 그래서 줄의 맨 끝에 섰다. 항상 맨 앞자리를 놓치지 않던 내가 지하와 친구가

된 것은 이름 때문이었다. 하지? 내 이름이랑 반대네? 지하가
웃으며 내게 말을 걸었고 그때부터 우린 함께 밥을 먹고 함께
집에 가고 같은 학원에 다녔다. 지하의 성적은 석차 맨 아래,
나는 맨 위였다. 지하의 지하를 뚫고 갈 성적을 걱정하는 내게
지하는 웃으며 속삭였다. 너 알지? 주인공은 가장 늦게 등장하
는 거. 내가 알기로 주인공이 늦게 나오는 영화는 주인공인 줄
알았던 여자가 살인마에게 살해당하는 히치콕의 〈사이코〉밖
에 모르는데. 지하는 자주 다른 아이들에게 사이코 같다는 평
을 들었고, 담임은 툭하면 지하 넌 나대는 것만 자제해 달라고
말해 반 아이들을 웃겼다. 지하가 가장 큰 소리로 웃었다. 그녀
는 세계 모든 이들과 사랑하고 사랑받을 수 있는 능력을 타고
났으니까.

글에서 등장하는 지하의 친구 '나'의 이름은 하지였고, 이
는 인아와 그녀의 관계를 문학적으로 변형하여 적용한 이름
이었다. 실제로 인아와 그녀는 3년 내내 같은 반이었고, 글
과 다르게 둘의 키는 비슷했으며, 인아는 지하와 달리 사이
코 소리를 들을 정도로 튀는 아이가 아니었다. 만약 같은 반
이었던 동창을 지금 우연히 만나게 된다면, 그는 인아가 누
군지 바로 기억해내지 못할 것이다. 조용히 교실의 책상 한

자리를 차지하는 인아와 달리 그녀는 고2 때 부반장을 한 번 했고, 언젠가의 중간고사에서 올백을 딱 한 번 맞았으며 교내 논술대회에서 우수상을 받았다. 존재감이란 단어는 인아보다 그녀에게 어울렸지만 그녀는 글 속에서 지하를 조금 더 특별하게 썼다. 둘의 이름을 비슷하게 쓴 건 다시 읽어도 만족스러운 설정이다.

이름이야말로 인간의 본질적인 상징이다.

그녀는 지금 떠오른 이 문장을 흐뭇한 마음으로 노트에 적었다.

"뭐 해?"

고개를 드니 인아가 왔다.

크림색 스웨터에 검은 바지와 구두, 동그란 모양으로 올려 묶은 머리에 은은한 화장기가 감도는 인아의 얼굴에 어리는 밝은 미소가 카페 조명과 잘 어울렸다. 의자 위 그녀의 가방을 들어 올리며 인아는 인상을 썼다.

"어우 무거워라."

그녀가 잽싸게 가방을 받아 테이블 아래 내려놓았다.

"잘 지냈니? 여전하구나."

자리에 앉으며 인아가 말했다.

"넌 분위기가 좀 달라졌네."

"그런가, 살 좀 빠진 거 같아?"

"낯선 것 같아."

인아의 웃음소리는 여전했다. 한결 편안한 마음으로 그녀는 노트를 덮었다. 인아가 노트를 가리키며 물었다.

"지금 뭐 쓰는 거야?"

"응, 내가 너 보여주려고 쓴 건데."

더듬거리며 노트를 건네주려는 찰나 인아는 손에 든 클러치 백을 테이블에 올려놓으며 다시 자리에서 일어났다. 그녀도 재빨리 따라서 일어났다.

"커피는 내가 살게."

"들어오면서 이미 주문했어."

주문번호가 적힌 영수증을 팔락이며 인아가 말했다. 커피를 받아 자리에 앉는 인아 앞으로 그녀는 반쯤 먹다 남긴 스콘 접시를 밀었다.

"이거 같이 먹자."

"너무 고마운데, 나 다이어트 중이라."

"네가 어디가 뺄 데가 있다고?"

그녀가 웃으며 묻자 인아도 웃으며 답했다.

"다음 주에 아주 중요한 일이 있어서."

인아의 목소리를 들으며 그녀는 은빛의 클러치 백이 카페

조명을 받아 반짝이는 모습을 천천히 바라보았다. 자그마한 애완동물 같은 저 가방 안에 책 한 권 들어갈 공간이 충분치 않다는 사실은 분명했다. 하지만 그건 중요치 않다. 저건 인아의 것이니까.

"그래서 뭘 쓰고 있었어?"

컵 뚜껑을 열며 인아가 다시 묻자 그녀는 접시를 치우고 노트를 테이블 가운데 놓았다.

"우리 고2 마지막 야자시간에 했던 목록 만들기 게임 기억나?"

"그런 걸 했었나?"

"왜 그때 네가 그랬잖아, 고3이라면 자고로 목록 하나쯤 있어야 한다고."

과거의 그녀들은 노트를 펴고 공부한 시간을 재는 스톱워치에 5분의 시간을 설정한 뒤, '스무 살 이후 하고 싶은 것'을 주제로 머릿속에 떠오르는 것들을 닥치는 대로 적었다. 그녀의 말에 인아가 싱긋 웃었다.

"기억이 나는 것도 같고. 그럼 내가 뭘 제일 먼저 썼어?"

"너랑 나랑 완전 정반대로 썼어."

5분이 지나고 서로의 목록을 바꿔 본 그녀들은 동시에 웃음을 터트렸다. 우리 완전 거꾸로 썼다! 그녀는 여행을 가장 먼저 썼고, 인아는 결혼을 커다란 글씨로 목록 맨 앞에 써놓았다. 난 가능한 결혼 같은 건 하고 싶지 않아. 그녀가 말하자 인아는 웃으며 그럼 네가 내 애기들 이모해주라, 여행 가서 선물도 사다 주고, 나 보러 와주고, 하며 말했었다. 인아는 자기가 외동이라 애 셋은 낳고 싶다고 했다. 그녀는 대학을 가자마자 휴학해서 세계 일주를 할 것이라 선언했다. 그럼 난 너한테 세계 각지에서 엽서를 쓰라고 할 거야. 넌 내가 올 때마다 커피를 내려주고.

"그래서?"

인아가 그녀를 보며 그게 왜 중요하냐고 물었다.

"재밌지 않아? 우린 그때 쓴 목록이랑 정반대로 살고 있잖아."

"너 혹시 나 모르게 결혼했니?"

인아가 웃으며 묻자 그녀는 정색했다.

"내가 너 몰래 뭘 하겠니? 중요한 건, 네가 바로 내가 원하던 삶을 살고 있다는 사실이야."

인아가 몸을 뒤로 빼며 다리를 꼬았다. 그녀는 허리를 펴고 바로 앉았다. 인아의 표정이 낯설어 그녀는 당황스러웠다.

"그러니까."

그녀가 덧붙이려는 말을 막으며 인아는 말했다.

"그게 그렇게 중요한가."

"핵심은 이거야. 목록이란 건 시작보다 끝이 중요하다는 거야."

한 인간이 펜을 들고 하나씩 목록을 작성해갈 때, 이 목록에 포함시킬까 말까 고민하고 고심한 끝의 끝, 한 인간의 내면에 가장 깊은 그림자를 드리운 것이 목록 가장 끝에 위치한다는 사실. 그녀는 열심히 설명했다.

"봐, 넌 과거의 인아가 목록 끝에 썼던 여행이 이제 네 삶의 전부잖아."

"전부까진 아니지."

희미한 미소로 대꾸하던 인아의 눈빛이 순간 반짝였다.

"그럼, 네 말대로라면, 넌 곧 결혼하겠네?"

인아의 말에 설명하느라 허공을 휘젓던 그녀의 오른손이 한순간 멈췄다. 멈춘 오른손을 왼손이 잡아당겨 팔찌를 잡았다.

"모르지. 이건 소설이니까, 실제로는 그렇지 않더라도 이야기 속에서는 지하라는 인물이 여행을 떠나고 하지는 결혼 생활을 하는 방향으로…."

인아가 잔을 내려놓고 그녀의 이름을 불렀다.

그리고 그녀는 아무 말도 할 수 없었다.

"너는 참, 좋은 친구야. 네가 열심히 응원해준 덕에 책도 내고, 여행도 계속 다닐 수 있었고, 모든 게 다 네 덕분이야."

그녀는 활짝 웃었다.

"그게 바로 내가 쓰고 싶은 거야. 이름이 비슷한 친구가 서로의 삶에 개입하면서 이름이 한 인간의 상징으로 어떤 힘을 갖고 있는지 조명하면서 각자의 인생이 어떻게 결론이 날지…."

"이름이 그렇게 중요한가."

그녀의 길어지는 말허리를 다시 자르며 인아가 중얼거렸다. 그녀의 눈이 무심코 머리를 쓸어 올리는 인아의 왼손을 따라갔다. 못 보던 반지 하나가 반짝였다. 반지를 낀 왼손이 클러치 백 안에서 흰 봉투 하나를 꺼냈다.

"이런 타이밍에 꺼내려니 이상한데, 나 다음 달에 결혼해."

그녀는 봉투를 받았다. U자 모양의 봉투 입구가 입이 찢어져라 웃고 있었다. 상징이 어떻고 이름이 뭐라고?

고개를 들고 그녀는 최대한 이해심 어린 미소를 지었다.

"여행하다 만났구나? 부부 세계 여행가? 완전 로맨틱하게."

"부모님이 소개해준 사람이야."

인아의 입으로 절대 들을 리 없다고 생각했던 말들이 줄줄이 튀어나오자 그녀의 정신은 아득해졌다. 작년 인아가 잠시 귀국한 사이 인아의 부모님이 성화를 부려 딱 한 번만 만나만 보고 가려던 사람이라고 했다. 그녀는 작년에 인아가 한국에 왔다는 사실도 몰랐었다. 남자는 한국철도공사에 근무하는 사람이었다. 한 번만 보겠다던 사람을 두 번, 세 번, 계속해서 만나게 되었다. 인아가 여행 중인 곳에 남자가 찾아오기까지 했다. 그들은 함께 유럽의 기차역을 보러 다녔다. 각 나라의 열차가 어떤 특징이 있는지 열정적으로 설명하는 남자를 보며 인아는 어떤 계시를 느꼈다. 끝없이 이어지던 여행의 끝에 자신이 정차할 역을 찾았다는.

"그러니까 그런 거, 네가 말하는 상징 같은 거."

그녀는 봉투의 봉인을 뜯었다. 반질반질한 재질의 카드 위로 펜글씨체의 'wedding'이 꼬리를 흔드는 길고양이처럼 나른하게 누워 있었다. 인아 이름 옆에 나란히 찍힌 낯선 남자의 이름을 바라보며 그녀는 조용히 말했다.

"만난 지 얼마나 됐다고, 급하게 결혼하는 게 말이 되니?"

"일 년 만났으면 충분하지. 사람 만나는 일에 거창한 이유는 필요하지 않아. 사실, 지금의 내 삶에 좀 지치기도 했고."

그녀는 인아의 마지막 말에 고개를 들었다. 커피를 마시며 인아는 계속해서 말했다. 반복되는 여행에서 자라난 권태, 그걸 깨뜨릴 만한 사람과의 만남, 양가 부모님과의 만남, 프로포즈와 식장 예약과 집 계약 등 여행이 끝나고 시작된 새로운 준비 과정들, 일주일 앞으로 다가온 결혼식까지 설명한 뒤 인아는 무심한 투로 그녀에게 물었다.

"그래서, 그 글은 지금 어디까지 썼어?"

"무슨 글?"

"아까 보여준다던 두 개의 이름이 나온다는, 소설이지?"

그녀는 노트를 가방에 쑤셔 넣었다.

"이제 아무 의미 없어."

"왜, 재미있을 것 같은데, 네가 드디어 글을 쓴다니까."

"넌 이제 결혼하잖아."

"내가 결혼하지 네 글의 누가 결혼하는 게 아니잖아? 이건 다 허구니까."

"내 설명이 이해가 안 되니?"

휘핑크림이 섞여 눅진해진 커피를 빨대로 한 모금 빤 뒤그녀는 쓰려고 했던 글을 설명했다.

"지하와 하지도 우리가 했던 것처럼 목록 만들기 게임을 하는 거야. 지하는 결혼을 1번으로, 하지는 여행을 1번으로, 목록 끝은 서로 정반대. 시간이 지나고 연락이 끊겼다가 우연히 만난 둘은 알게 되는 거지, 지하는 전 세계를 여행하고 돌아왔고, 하지는 결혼해서 아이를 둘 키우고 있고. 하지가 출산 후 블로그에 올라오는 여행기들을 검색해서 읽는 취미가 생기는데, 어쩌다 지하의 블로그를 읽고 알게 되는 거지."

인아는 휴대폰을 만지작대며 그녀에게 물었다.

"둘이 만나서 뭐 해?"

"거기까진 아직 안 썼어."

"끝까지 꼭 다 썼으면 좋겠다."

그녀는 인아의 웃는 얼굴을 노려보았다.

"진심으로 하는 소리야?"

"거짓말을 내가 왜 해?"

"이런 거 이제 아무 의미 없잖아. 너한테 이제."

그녀는 숨을 크게 한 번 들이마셨다. 인아는 깜짝 놀란 표정이었다.

"너,"

인아가 하려던 말을 가로막으며 그녀는 떠오르는 대로 내뱉었다.

"그 남자 진짜 되게 별론 거 알지?"

"하!"

반쯤 열린 인아의 입에서 날카로운 소리가 터져 나왔다.

"너 좀 어이없다, 네가 아는 사람도 아니잖아."

"안 봐도 비디오지. 얘기 들어 보니 어떤 종류의 사람인지 답이 딱 나와. 그거 알아? 세상에서 자기 말만 하는 사람이 최악인 거."

"네가 내 사람을 만나봤어?"

"유럽까지 가서 기차 얘기 하는 철도청 직원이 자기만 아는 사람 아냐?"

"또 시작이다. 너 또…."

인아는 말을 끝맺지 못했다.

그녀는 한참을 말없이 인아를 노려보았다. 입술을 잡아뜯으며 그녀는 인아에게서 어떤 타락의 상징을 찾아내려 했다. 손바닥만 한 클러치 백, 거절당한 스콘, 그녀가 알던 것보다 사근사근한 말투, 뜬금없는 결혼. 찌릿한 통증에 손을 떼니 입술에서 피가 흘러나왔다.

그 순간 인아가 그녀의 이름을 한 번 더 불렀다. 그녀는 그 이름으로 부르지 말라고 짜증을 냈다. 비음과 유음이 하나도 쓰이지 않은 그녀의 이름은 누가 부르든 쇳소리 같은 거친 목소리를 내게 했다. 출석을 부르면 그녀는 제 이름에 제대로 답하지 않았다. 손바닥이나 허벅지를 매로 맞는 일보다 자신의 이름을 받아들이는 일이 더 끔찍했다. 인아와 친해지면서 그녀는 한 인간에게 이름이 얼마나 중요한 상징인지 뼈저리게 느꼈다. 인아, 목구멍에서부터 입술까지 장애물처럼 걸리는 것 하나 없이 부드럽게 흘러나오는 이름, 세상 모든 것들로부터 응, 이라고 미리 허락을 얻은 이름, 인아와 비교했을 때 그녀의 이름은 툭하면 옷이 걸려 흉하게 찢어놓는 튀어나온 못 같은 상징이었다. 그녀는 자신의 이름을 좋아하지 않았고 인아는 그걸 알고 있었다.

지금 자신의 이름을 불렀다는 건 의도적인 것이다.

"내 이름 부르지 마."

"그럼 뭐라고 불러, 야? 너?"

"싸움도 걸지 마."

"시작은 너야."

"엉망으로 만든 건 너고."

"내가? 결혼하는 게 무슨 대역죄라도 되니?"

그때 그녀 뒤에서 인아의 이름을 부르는 소리가 들렸다. 아까 의자를 가져갔던 여자들 중 한명이었다.

"너 혹시 인아, 맞지? A고등학교."

인아와 그녀가 동시에 올려다보았다. 단발머리에 검은 코트를 입은 여자는 인아를 뚫어져라 바라보며 맞지? 맞아, 하며 호들갑을 떨었다. 인아의 얼굴이 단박에 밝아졌다. 그녀가 낄 틈도 없이 둘은 손까지 맞잡으며 환호성을 질렀다.

"근데 나인 걸 어떻게 알아봤어?"

"내가 너 책 나온 거 보고 바로 샀지, 난 네가 책을 쓸 줄 알았어."

단발머리의 손바닥만 한 핸드백에서 손바닥만 한 크기의
책이 나왔다. 인아의 여행기였다. 단발머리는 카랑카랑한 목
소리로 인아의 글솜씨를 학생 때부터 알아봤다며 거침없이
말했다.

"너 교지편집부 부장이었잖아."

그들은 그녀 앞에서 서로의 근황을 묻고 둘 다 결혼을 앞
두고 있다는 사실 확인에 이르자 걷잡을 수 없는 수다의 늪
에 빠져들었다.

끼어들 수 없는 세계에 흥미를 잃은 그녀는 습관대로 오
른 손목의 팔찌를 잡아당겼다. 인아의 왼손 약지에서 반짝이
는 반지를 보며 그녀는 입속으로 하려던 말들을 하나둘 삼
켰다. 너는 이제 하나의 집단에 속한 거야, 남들처럼 살아가
는 보통의 집단, 유행하는 북유럽 풍 가구로 집을 꾸미고 텔
레비전에서 유명한 요리사가 설명하는 방식으로 요리를 하
고 마트에서 오늘의 할인이라 적힌 식재료를 사고 그릇을
사고 육아 카페에서 권유하는 시기에 임신을 하고 출산과
육아와 그때 필요한 것들을 사고 또 사고, '국민'이 붙는 국
민 장난감 국민 의자 남들과 똑같은 것을 사는 일에 평안을
취하고 존재의 의미를 찾는 국민적인 국민, 네 스스로 길을

찾아 나서는 건 이제 없는, 넌 너로서 살아갈 기회를 놓쳤어, 넌 이제 평범한 삶의 상징 그 자체가 된 거야. 세계의 목소리를 더 이상 듣지 못하겠지.

문득 고개를 드니 단발머리와 인아가 그녀를 바라보고 있었다.

"너는, 너는 누구였더라?"

인아가 애매한 미소를 지으며 그녀를 바라보았다. 하는 수 없이 그녀는 직접 본인의 이름을 밝혔다.

"어, 응, 암튼 반가워."

그녀의 이름을 듣고도 단발머리는 별 반응이 없었다. 단발머리는 이제 막 모임이 끝났다며 인아만 보고 말했다.

"나 예단 때문에 머리가 터질 것 같은데, 물어보고 싶은 게 너무 많은데, 시간되면 지금 요 앞 와인 파는 카페라도 갈까?"

인아는 망설이지 않고 고개를 끄덕이며 그녀를 슬쩍 바라보았다.

"너도 갈래?"

너도 가자는 청유형이 아닌 의문형에 그녀는 고개를 저었다.

"난 일이 있어서, 잘 놀아."

그녀의 인사에 인아는 미소를 지었다. 바이온 사원의 제

단 앞을 지키던 여자의 미소와 어쩐지 닮았다고 생각하던 찰나 인아는 순식간에 카페 밖으로 나가버렸다.

그녀는 가방에서 노트를 다시 꺼내 테이블 위에 남은 인아의 청첩장을 노트 사이에 끼운다. 얼음이 녹아 크림과 섞여 흉하게 뭉그러진 커피 잔과 딱딱하게 굳은 스콘 접시를 치운다. 자리에서 일어나니 의자 가운데 땀이 고여 동전만 한 자국으로 습기가 어려 있다. 접시를 정리하고 컵에 남은 음료를 동그란 입구의 음료 버리는 곳에 넣다 오른손 중지 손톱이 반 넘게 깨진 것을 발견한다. 왜 이걸 이제야 발견했는지 의아해하던 그녀는 바람 빠진 풍선처럼 웃는다.

결국 이 세계 모든 것들이 내게 말해주고 있었잖아. 그것을. 일반 쓰레기를 버리는 곳에 그녀는 노트를 통째로 집어넣었다.

밖은 이미 어둑하여 찬 공기가 그녀의 얇은 옷 사이를 파고들었다. 팔짱을 끼며 그녀는 인아와 단발머리가 앞서 걸어가는 동안 그녀 모르게 나눌 대화를 재구성했다. 쟤랑 친했어? 글쎄, 난 누구와도 친하잖아. 기억도 안 나는 이름인데. 3년 내내 같은 반이었지, 가끔 만나, 만나면 항상 나보고 세상에서 제일 부럽대, 자기도 나처럼 여행 다니고 글 쓰고 싶다고. 그럼 하면 되잖아? 안 하니까 문제지. 쟤 문제는 나한테 집착한다는 거야. 근데도 계속 만났어? 이제 안 만나. 다신 마주칠 일 없겠지. 그녀의 상상 속 인아는 말을 멈추지 않는다.

나에게 앙코르와트의 조각들이 속삭이는 이야기에 귀를 기울이라 충고했던 사람이 바로 너잖아, 그런데 왜?

그녀의 발에 식당 전단지와 술집 광고문이 밟혔다. 그녀는 길에 버려지고 구겨진 세찬 바람이 불면 날아가버릴 수많은 말들을 생각했다. 인아와 그녀가 오늘 하려다 삼켰을 말들, 가끔 만날 때면 서로에게 했던 말 뒤로 숨겨둔 하지 못했던 말들, 수백 마리의 까마귀가 그려내는 기이한 감정의 말들. 만남의 끝에서 그녀는 인연 역시 시작보다 끝이 중요하다는 사실을 시리게 느끼며 웃었다. 역시 까마귀를 부정적인 상징으로 해석한 건 정확했어, 하지만 나는 친구를 해석하는 일에 완벽히 실패했지, 나는 나조차 잘못 해석한 잉여물이니까.

그녀는 붉은 팔찌를 잡아당겼다. 아무리 세게 당겨도 팔찌는 절대 끊어지지 않았다.

누군가의 자식, 누군가의 배우자, 누군가의 동료.

누군가의 이름으로 가득한 세상에서

당신의 진짜 이름은 무엇인가요?

_____ 님에게

나는— 이름을
갖고 싶었다

초판 1쇄 인쇄일 2019년 05월 28일
초판 1쇄 발행일 2019년 06월 05일

지은이 김지우
발행인 이승용
주간 이미숙
편집기획부 박지영 황예린 　　**디자인팀** 황아영 한혜주
마케팅부 송영우 김태운 　　**홍보마케팅팀** 조은주 김예진
경영지원팀 이루다 이소윤

발행처 ㈜홍익출판사
출판등록번호 제1-568호
출판등록 1987년 12월 1일
주소 [04043]서울 마포구 양화로 78-20(서교동 395-163)
대표전화 02-323-0421 　　**팩스** 02-337-0569
메일 editor@hongikbooks.com
홈페이지 www.hongikbooks.com

제작처 갑우문화사

ISBN 978-89-7065-690-8 (03810)

이 도서의 국립중앙도서관 출판예정도서목록(CIP)은
서지정보유통지원시스템 홈페이지(http://seoji.nl.go.kr)와
국가자료공동목록시스템(http://www.nl.go.kr/kolisnet)에서 이용하실 수 있습니다.
(CIP제어번호: CIP2019020301)